神鬼
當舖
張國立 著
Chang
Kuo-Li

人物介紹

姚重誼　台北市某派出所二線一星資深巡官，追查長照中心老人死亡事件。

昺法醫　台北市相驗暨解剖中心法醫，參與多起死亡事件調查。

憨　面　台北市刑大偵六隊警官。

鄭傑生　十七歲高中生，綽號小傑，鄭記當鋪第九代接班人，但還在猶豫抗拒。

鄭鵬飛　鄭傑生的爸爸，鄭記當鋪第八代老闆，原因不明猝死店內。

竹內智子　鄭傑生的媽媽，日本人，因鄭鵬飛猝逝正要從摩洛哥離開前來找兒子。

羅　曼　小傑的死黨好友，爸爸是里長伯，拜師「千歲宮」黃阿伯。

阿　三　小傑的同學，共組樂團的鍵盤手兼吉他手，有個律師大姊。

小　月　小傑的同學，共組樂團的雙主唱之一，似乎有不少男同學心儀。

里長伯　羅曼的爸爸，連任八屆里長，鄭鵬飛、黃阿伯的老鄰居兼好友。

里長婆　羅曼的媽媽，似乎對家裡三個男生頗有微詞。

黃阿伯　「千歲宮」師公，羅曼的師父，鄭家、里長伯的鄰里好友。

目次

第一章　拿鐵鍊的和拿探照燈的／自然死亡與不自然死亡　5
第二章　消失的探視者／藏在地下室的祕密　81
第三章　找不出殺人動機的謀殺案／不收利息不收本金　131
第四章　慈悲的罪惡／靈魂眞的重二十一克？　169
第五章　刑法二七一條與二七五條／生辰八字　207
第六章　時間的遺忘與記憶／下一個宇宙和下下個宇宙　225
第七章　吃不飽的小女孩／沒有變的老媽　261

第一章

拿鐵鍊的和拿探照燈的

自然死亡與不自然死亡

二〇二〇年十一月

蔡先生由兒子送進長照中心六個月零七天，二〇二〇年十一月初，記得第一波寒流從北方越過堪察加半島，北京、平壤、首爾、東京同一天大雪，而後掃過黃海與東海，台北氣溫由中午的三十二度掉到半夜十一度。不知蔡先生是否感受變化如此大的溫差，應該沒有感覺，他已經躺了三年半，除了看護一天五次的翻身，動也未動過。

這是為什麼他在十一月十五日忽然間舉起手還講出話，令長照中心上下忙成一團的原因，不幸忙碌未對七十七歲的蔡先生提供多大幫助，他在十六日凌晨三點四十二分死亡。

——＊＊——

寫下凌晨三點四十二分死亡時間的是派出所姚重誼巡官，之所以三點四十二分倒不是他從三點四十分即守在病床旁一手摸老人脈搏，一手握手機，就在螢幕顯示03：42，脈搏停了。

姚巡官抵達長照中心的時間是四點五十二分，床邊兩眼茫然的看護聽了三遍他提出的問題才說：

「大概三點四十二分。」

「為什麼四十二分？」

胖胖的女看護指牆上的大鐘，

「後來我看鐘。」

沒問她確定老人死亡多久以後才看鐘，人出生那一刻醫院記錄下時間，死亡當然也得有時間，精確度如何不在警方考慮的範圍，姚巡官不過依規定記錄，證明他起碼盡忠職守。

「過去三年半他形同植物人，昨天突然開口講話？」

「對。」

「講什麼？」

「你來了。」

「妳來了？妳剛上班？」

「不是對我，他對天花板說。最近走了兩名看護，臨時找不到人，我本來顧二樓八個病床，晚上還要顧三樓的。聽到急救鈴我剛好在樓梯間，連上廁所時間都沒有。」

「昏迷三年半後，對天花板說你來了？」

「他還說你手上是什麼？」

「妳手上拿什麼？」

「我兩手空的。」

「所以他對不負責這層病人的妳說你來了，不看妳卻問你手上拿什麼，妳怎麼回答？」

「我說兩手空的。」

「他一直沒看妳？」

「看天花板，他又說那是鐵鍊嗎？」

十一月十五日的蔡先生恢復知覺，看到飄在天花板的熟人，問他手上拿的是鐵鍊嗎。

「然後？」

「剛才呀，我代班顧三樓，叫他，摸他脈搏，摸他鼻子有沒有呼吸，他沒說話。」

「三點四十二分？」

「牆上的鐘，三點四十二分，我看到分針跳到四十二的地方。」

一天前醒來的蔡先生認識口中的「你」，拿鐵鍊的你，姚巡官聯想到城隍廟裡的黑白無常，全台灣沒人不認識黑白無常，而且知道黑白無常趁深夜大家睡著時拿鐵鍊鎖走死者的靈魂。忘記哪本書寫的故事，有位陰陽眼的老兄見母親快喘不過氣，跑到城隍廟前守候，見到黑白無常出來公幹，攔住硬要請他們喝酒，他無財無勢，唯一蒙祖上保庇是天生酒量好，把無常灌醉，讓母親多活了好幾天。這個故事什麼意思？黑白無常可以賄賂，還是他們酒量不好，醉了好多天才來勾魂，不怕酒精中毒？

「譫妄，幻聽幻視，民間常說的迴光返照，大概以為看到思念的親人。」姚巡官聊中午麥當勞麥香魚沒配薯條那樣地說。

所以這次黑白無常收到賄賂，多給蔡先生一天時間，七十七歲，過去的人生即使像電影裡那樣快轉，也得花不少時間快轉一天，完成回憶，老先生無所遺憾嚥下最後一口氣。姚巡官沒把這段對話寫進警用隨身電腦，開立死亡證明不需要目擊者證詞和過程推理，這不是刑事案件。不過——

「氧氣罩誰拿掉的？」腦中仍繞著酒醉的黑白無常，他們舌頭吐到胸口，喝得進酒麼。

「不是我。」

「他自己拿掉？」

「誰知道，我趕到他病床，氧氣罩已經拿掉了，鼻胃管也拔掉，你看，機器的管線都掉了，不是我。」

他看垂在床沿老人枯乾的兩手，病太久，心臟無力而死亡吧。情不自禁吸吸鼻子，病房內到處酒精味，忍不住又看了天花板一眼，沒有拿鐵鍊的人。

——＊＊——

不久醫師也這麼判定，簡單說，血打不上來，心臟缺少流動的血液和汽車少了汽油一樣意思，所有器官跟著心臟停止運轉。電力用盡的遙控飛機，咻地從半空摔落地面，摔得粉碎，蔡老先生沒碎，只是不動了。

法醫來之前，死者兒子推輪椅上表情木然的母親趕到，後面一長串家屬，沒人哭泣，蔡先生的孫子吧，仍兩手忙碌地按手機輸入鍵。一位手機廠工程師說的，理論上手機不會壞，只需不停地更新，但電池會掛。蔡先生於一天前清醒到能和黑白無常聊天，表示他的身體沒壞，不幸一個小時前電池掛了。

「他們聽得到。」看護吃著粽子說。

姚巡官很久沒吃粽子，膽固醇超標，他並不想念，但在他旁邊吃粽子就太超過。

「聽到什麼？」

「以前我們特約的楊醫師說他們看起來像植物人，其實腦子還在運轉。人最後死的是大腦。」

「最後死的？」

「對。」她吞掉大半顆粽子，沒擦嘴。「心臟停了，身體僵硬了，沒有呼吸，不過大腦沒馬上停止，要慢慢停。醫師說腦死才是死。」

想到老婆常罵他「你是沒腦子喔」，原來她罵他和死人差不多。

「我就不敢對病床上的植物人亂說話，他們都聽見都記得，到時醒來找我算帳就死不知路了。」

想起來，老婆更愛罵他腦殘，不在乎他聽不聽得到。

——＊＊——

久病無孝子的說法太沉重，蔡先生臥床前後三年半，悲傷早已消耗殆盡。該死的終歸得死。姚巡官不好說出來，事實卻是如此，有時死亡對活著的人而言是解脫，有時對死人更是解脫。

電池不能線上更新嗎？

「這位是蔡先生的妻子？」他走到輪椅前。

「我媽，她失智，有什麼事我代表。」推輪椅的男人說。

他單腳跪下拍拍老婦人的手：

「阿姨，辛苦了。」

老太太用沒有眼神的眼睛看他，又像看的不是他，那麼她看見的是什麼？她聽到鐵鍊聲？姚巡官又看向天花板。

——＊＊——

電池還沒掛掉的手機響了，他對長照中心的院長說另有勤務得離開。院長點點頭，現場不需要警察，需要葬儀社的業務員。

蔡先生一天前看到什麼的疑惑盤桓於姚巡官腦海，鐵鍊讓人直覺想到黑白無常，雖然他不是基督徒，寧可相信死前看到的是天使，黑白無常太驚悚。曾遇過死而復生的病人，經醫師檢查認定死亡的病人於四十七秒後恢復心跳。醫師裝出不可思議的表情掩飾他誤判病人死亡的過錯，問了病人記得什麼？病人喘著大氣回答，看到天空破一個洞，射出刺眼光芒。

「怎麼刺眼的光？」

復活的病人立即回答：

「棒球場夜間照明燈那樣刺眼的光。」

姚巡官也不是佛教徒，但人走了不是該由菩薩接引去極樂世界，菩薩不帶探照燈或手電筒，手持淨瓶與柳枝，哪來的強光。

打完報告，腦中的問題反而愈來愈尖銳，撥了長照中心院長的手機，

「我派出所姚巡官，請問蔡老先生可能自己拔掉維生管線嗎？」

「看到他的手吧，」傳來院長呼氣聲，「枯乾成那樣，年紀大加上長期未使用，肌肉萎縮，恐怕抬高五公分都難，別說自己拔管線拔氧氣罩。」

「病人不可能拔管線。」他習慣性複誦一次。

「不可能。」手機傳出麻油雞麵線的醬油味，「生命靠點滴支撐，能活，可是連握筷子的力氣也沒。」

回答未解開姚巡官的困惑，總之，癱瘓多年的老人走了，家屬未提出疑義。他打完報

告按下送出鍵，經過看不到的網路傳輸，幾秒後擠進警方塞得快爆的伺服器，值勤警員要是沒打瞌睡，花幾分鐘列印送所長，要是所長沒打瞌睡，看完除了死者姓名不同的一式死亡報告，送分局、市警局，等法醫開具死亡證明書，結案。

蔡老先生，您已結案歸檔，祝來生幸福安康，如果有來生。祝天堂生活平靜安詳，如果有上帝存在。

騎車停在昏暗小巷內，一家小店賣麻油雞，限外帶。他忽然想到該補幾句，祝閻王體諒您勞累一生，發給輪迴許可書，免受十八層地獄苦刑。

真有十八層地獄嗎？

一線四星的小謝已站在停了救護車的公寓大口，一起進去吧。

手機出現簡訊，蔡老先生兒子問他是否見過老人床頭櫃裡的戒指。他回：

「我沒開過床頭櫃，若懷疑死者物品遺失，請至派出所報案。」

他踏進樓梯間見到燒金罐裡冒著微弱火光，看了小謝一眼，小謝聳聳肩：

「有拜有保庇。」

二〇二三年六月

1

沒想到父親竟躺在櫃檯後的地板，姿勢奇特，像刻意躺成這樣，仰面呈大字形，離頭部不遠擺著一盞手掌大小蓮花造型玻璃燭臺，兩隻手掌旁則各一支傾倒的蠟燭。睜大的兩眼望著釘在屋頂往下垂的金屬吊飾，祖父釘的，像水晶燈形狀，燈影裡扭曲得如同颱風夜晚映進家裡的街樹樹枝、拉在巷子間的第四臺線路。

——＊＊——

小傑很少來父親的店，十一歲時父親對他說：

「等十八歲，生日那天你開始來店裡打工，繼承我事業。」

爸說得像他是台北富邦銀行、國泰人壽老闆，這家狗屁店算事業？孫裕富繼承他爸的自行車行，至少學會哪種胎跑哪種路，小學同學小鴨在她父母咖啡館幫忙，靠沖卡布奇諾能拉出愛心的花，比較有繼承家族事業的氣氛。都什麼時代了，他繼承半死不活難得遇到客人的小店，學這種上個世紀的技藝要幹麼。換成羅曼會說：阿爸你嘛卡好，把你兒子當塑膠。

可是父親躺在那裡盯著天花板，不像往常問他：

「放學啦，今天在學校闖了多少禍？」

——＊＊——

慌張地喊爸，學電視劇集的動作摸爸的心跳、脈搏，此時完全想不起學校教過的CPR步驟。該替爸後腦墊東西，或是冷毛巾敷額頭？想到，一一九。

「我爸倒在地上。」他對話筒說。

「不是摔傷，他躺在地上。」他提高音量對話筒說。

「我爸快死了。」他吼著話筒。

按照電話裡女生的命令，趴到爸身邊再一次摸脈搏，摸不到，找鏡子，店內鏡子掛在廁所拆不下來。用手機，將手機螢幕貼爸鼻尖，如果仍呼吸，螢幕理應出現霧氣。一一九女生說的，比較像罵：不是鼻子，貼近鼻孔。

沒有霧氣。

兜著父親轉，除了等救護車一定有什麼他能做的事。小說裡寫過，人有三魂七魄，死後魂魄離開軀體不知往哪裡去，就飄在附近，若法師在，唸幾句咒把魂魄叫回來，剛斷氣的人吐出痰馬上復活。他沒學過符咒，只能朝周圍的空氣抓，希望抓到父親即將散失的魂魄收進口袋，到時交給法師塞回父親身體。

什麼也沒抓到，但他依然不停地跳，不停地抓，內心喊阿爸別走，我抓你回來，不要走。

——＊＊——

三分鐘後消防隊救護車到達，穿橘色制服的消防員抱住小傑：

「喘氣，像我這樣大口深呼吸，對，吐氣，吸氣。你跳了多久，賽，看你全身溼得，有衣服換嗎？」

沒有衣服換，也沒力氣換，他癱在牆角繼續喘氣，看動也不動的父親。伸手進口袋，空的，不過魂魄本來就無形無體，他一定抓到什麼。小心退出手，輕拍口袋，阿爸，你休息。羅曼會說：小傑把拔，想喝酒不必躺地上，私我啦。

爸不喝酒。

另一名肩膀很寬的橘色制服大哥檢查完父親呼吸，站在小傑面前看大字形的阿爸，

「心臟停止跳動，沒有呼吸。他是你爸爸？躺的樣子很奇怪。」

小傑尚未從父親死亡的驚嚇中醒來。爸不像死了，以前夏天看過他捨不得電費不肯開冷氣，四肢張開躺在地磚降溫。他總招手：

「陪我一起躺，天然冷氣，多涼快。」

幹，沒半塊地磚涼的，全被阿爸睡過了。

——＊＊——

「我們得通知派出所，警察找法醫來鑑定他是不是自然死亡。」

消防員的眼神繞了室內一圈，

「幾點發現你爸爸躺在這裡？那時店門關著、開著？」

小傑四點半放學，到阿三家摸了一陣子吉他，五點半去巷口自助餐店買了兩個便當，到爸店裡大約五點五十分吧。

「門關的，」小傑拿出鑰匙串，「我爸的店晚上七點開門營業。你們問這個做什麼？」

「他身體溫暖，剛死沒多久。」

「沒多久是多久？」

「十分鐘，二十分鐘，看法醫勘驗結果。」

「我爸怎麼可能死，他四十五歲而已。」

「要由警察決定，再請法醫鑑定是否自然死亡。」

「什麼是自然死亡？」

兩名消防員互看一眼，由帥的那位回答小傑問題：

「生病之類的叫做自然死亡，外力致死就是——」

「不自然死亡。」寬肩膀的搶著說。

「不自然死亡？能不能舉例？」

他們又互看一眼，仍由帥的那位回答：

「謀殺。」

——＊＊——

帥的消防員講完謀殺好像後悔，閉緊嘴兩眼看地磚。

另一人回頭又問：

「你開門進來不按門鈴？」

「用鑰匙開門。」

「當時門鎖著？屋內沒其他人？」

「沒。你說我爸剛死不久？」小傑摀著口袋。

他們又彼此對看，這次沒人回答。

口袋好像變熱了。

三十分鐘前

離開阿三家，小傑去自助餐店，爸給他的預算是兩個便當一百七十元。

上個星期兩人晚餐預算仍只有一百二十元，爸看著飯盒內的菜色搖頭，又漲價嘍。他分半隻雞翅進小傑便當盒，明天起預算增加五十元，你發育期，需要大量蛋白質和脂肪。

對，三十分鐘前他在自助餐店，爸愛吃雞腿，不管炸的、醬油煮的，每天一定得看到雞腿，不是雞翅。小傑比較喜歡控肉。晚上一起吃飯是父子間沒有誰規定的規定，爸先泡一壺茶，擺兩個杯子。等小傑提便當進來，他鋪上中華電信二、三十年前印製的厚厚電話簿，便當放電話簿上，他說吃飯啦。父子兩人在店內櫃檯後面並排坐高腳椅，爸照例分他半隻雞腿：

「我們家愛吃雞，你分一半，繼承。」

連愛吃雞腿也要繼承？小傑每次看到雞腿都覺得很累，完全提不起精神只想躺下睡覺的那種累。

他對自助餐店夾菜的阿嬸說一個便當要雞腿，一個控肉，阿嬸沒給他控肉，夾一塊炸排骨放進他飯盒：

「小孩子不能每天吃一樣的菜，今天換排骨，多吃青菜。」

不知姓什麼，大家叫她管媽媽，全世界只有北韓不歸她管。

說著，管媽媽夾了三種青菜塞進小傑飯盒，湯汁滴到盒子外，用衛生紙擦了又擦。

——**——

是管媽媽害的，如果她沒廢屁把控肉改成排骨，如果她沒多夾三次青菜，說不定能提早五分鐘到阿爸店裡。

還有自助餐店的老闆愛管閒事，結帳時他問：

「好久沒看到你阿爸，叫他來喝酒，一個人整天躲在店裡又不開冷氣，屁股長青苔。明年升高三？功課好不好？來二樓讓我兒子補習，他台大數學系四年級，保證你一天進步一分，一百天以後考一百分。」

笑得自己嗨，笑得小傑可以看到他下排缺了兩顆牙。

老闆害的，要是他結帳快點不喇咧，小傑說不定進店時看到阿爸快倒下，他上前扶住說，雞腿來了。

阿爸聽到雞腿不會倒下，尤其今天買到整隻雞腿，不是雞翅。

＊＊

如果店內有其他人，小傑看得到，當他用鑰匙推開門，明明室內空的。

有一個人，在巷口，開機車行的辮子大哥，問他：

「你爸又吃雞腿便當喔？厲害，一年吃掉三百六十五根雞腿，沒有腿的雞要賣給誰。」他笑得像大頭三太子，臉皮上下抖個不停。

爸以前的機車由他修理，騎了二十年的豪爽，當初買二手的，辮子大哥總說你爸的機車根本我翻新，原廠的只剩下車架子。

如果辮子大哥不亂哈啦，他已經和爸一起吃便當，不必請消防隊來說什麼自然死亡。

＊＊

派出所兩名警員來了，他們看完爸，和消防員小聲講話，四個人同時看向小傑。

「你是鄭傑生？你爸爸叫什麼名字，有他的身分證嗎？」

小傑從櫃檯抽屜找出爸的身分證遞去。

「鄭鵬飛？你爸爸生前有什麼慢性病？」

想了想，

「他有時抽菸。」

「什麼叫有時？」

「一天抽三根，午飯、晚飯後、店打烊鎖上門回家路上。」

四個人默契十足，同時交換目光。

「是問糖尿病、心臟病、肝炎什麼的慢性病，除了抽菸，酗酒、吸毒嗎？」

「他很少喝酒，不吸毒，不知道什麼是慢性病。」

四個人對看，A看C，B看D。小傑想，他們四個人藏了祕密。

「身體看不出外傷，你媽媽呢？」

「在日本。」

「去玩？」

「和我爸離婚了，我外公日本人，她回日本和她爸媽住。」

「離婚幾年？」

「三年。」

四個穿制服的又聚到櫃檯外講悄悄話，比較老的警員好像很有權威，他咳了一聲嗽對小傑說話：

「你未成年，父親病逝，你需要監護人，由母親擔任最好，恐怕得盡快通知她來台灣，不然阿公、阿嬤、叔叔、阿姑願意領養你嗎？」

「阿公不在了，阿嬤七十二歲跟我小叔住美國，阿姑在法國。」

四人再回去商量，得到共識，仍由老警員發言：
「最好請你媽媽回來辦理手續，和你關係最親，比美國、法國近。」
「我爸到底怎麼了？」
老警員沒回答他的問題，反而問：
「你爸有仇人嗎？」

——＊＊——

腦中浮出爸忙碌的模樣，一頭汗水，不時用手指梳理黏在額頭僅存的幾十根頭髮，窩在櫃檯後面看帳簿，這間爛店是他的全部人生，不算小傑的話。
「沒有仇人，朋友也很少。」
老警員看了看店內，
「店內遺失任何物品？」
小傑聳聳肩：
「不知道。」
「保險了嗎？」
「不知道。」
這次四人一起看小傑。

「他店開幾年了？」

「我生下來他就顧這間店，我爺爺遺傳給他。」

「你爺爺開的？」

「我曾祖父遺傳給我爺爺。」

「三代老店。」

「不是，我曾祖父的爸爸留給我曾祖父。」

「四代老店。」年輕警員說。

「不是，聽我爸說，曾祖父爸爸的爸爸遺傳給曾祖父的爸爸。」

消防員和警員不再好奇這個問題，他們醒悟再問下去勢必得尋找百分之九十台灣人想不出的親屬稱謂。

「我爸到底怎麼了？」

老警員拍他肩膀：

「鄭傑生，我們也不知道，要等相驗的法醫來。請問你爸的店裡裝了防盜設備沒？」

馬上點頭，他指向櫃檯後牆壁貼的兩張黃紙。

「這是什麼？」

「前面宮廟師公黃阿伯送我爸的符。」

四人一起看向黃紙並同時發出長音的「喔」。

「黃阿伯說，貼這兩張黃紙，諸鬼莫入，妖魔閃邊。」

年輕警員提出疑問：

「我說的是連接電腦傳送畫面的，」他頓了頓，「科學的監視器。」

老警員補充，指胸口警員制式裝備的密錄器鏡頭，「這種。」

「你們戴這個？我被你們錄進去了？」

「發生警民衝突，它可以佐證我們行為、言語是否合法。」

「我爸說有千歲爺的符咒足夠了。」

老警員翻了翻白眼，比較年輕的警員拿手機開始拍照，從屍體拍到店內每個角落。

兩名消防員則向老警員說要先離開。他們很忙，得救援其他地方，不想再為死人浪費時間。

——＊＊——

救護車沒載走阿爸。

「我爸一直躺這裡？」

「等法醫來，可能運去他那裡進行相驗工作。」

「相驗？」

年輕警員看老警員，看了很久，老警員被眼神逼得不能不開口：

「解剖找出死亡原因的意思。」

年輕警員吐出憋了很久的氣，掉頭又去拍照。

「解剖我爸？」

「由法醫決定。」

看起來事情比想像的麻煩，小傑不太相信阿爸死了，因為爸的表情和平常一樣沒有表情。爸曾對小傑說：我從小不會表達感情，可是你要相信我愛你的程度超過你想像。

小傑從未懷疑——應該說他從未想過這個問題。

案發一小時又十五分鐘前

放學後去阿三家，大約發現阿爸躺在地面的一小時又十五分鐘前。他們組了Band，名字仍未決定，原來全世界的Band比7-ELEVEN開的店還多，想到的名字全部撞衫。阿三指著他家廚房新買的不知什麼鳥牌子鍋子說，我們暫時叫氣炸鍋，等團員準時練唱一個月後再討論團名。

小傑對氣炸鍋沒意見，他是卑微的貝斯手，既非主唱，貝斯僅四根弦，比吉他少兩根，很難耍酷。十三歲生日得到爸送的貝斯，二手美國名牌，接音箱的插頭大概用太久接觸不良有時發生電流雜音。阿三彈電子琴，他從小學鋼琴。羅曼打鼓，據說以前被他里長爸爸強迫參加鼓號樂隊，國中時練了一年。他秀過存摺內數字，夠買電子鼓，大家相信如果羅曼肯提存摺的錢早點買電子鼓，敲出的聲音應該好聽五百萬倍。羅曼不爽：別逼我翻你全家。他已經口頭翻遍所有認識人的家。

樂團最重要的吉他手由阿三兼，直到他們找到功力符合期待的吉他手或替代阿三的鍵盤手為止。

另外兩人，小月和志明為雙主唱，他們認為主唱不需要會樂器，拿麥克風的姿勢帥就可以。所以這個 Band 沒有吉他手卻有兩名主唱。

也沒有團名。

最令阿三不開心的是大家練唱不準時，兩名主唱鬧情緒，一個來，另一個就不來。本來這天下午阿三約了吉他手面試，阿三團長，他最懂音樂，他決定就好，其他人都不來，唯小傑覺得該挺阿三，四點三十分放學到阿三家，沒想到吉他手爽約，阿三催幾次都已讀不回。

如果他沒去阿三家，可以提早至少半小時去店裡找爸，要是爸不舒服，他可以馬上打一一九，不然扶爸去醫院。樂團的人每天只會吵，誰當主唱有差嗎。小月是學校合唱團的，成天拉尖嗓子唱〈Santa Lucia〉、〈丟丟銅仔〉，根本唱不出搖滾味道，志明以為樂團搞嘻哈就好，唱得跟和尚唸經差不多。

他不該去阿三家。

或者一開始拒絕阿三的提議，他摸貝斯的確累積四年經驗，本來掛在爸爛店的大門旁邊，十幾年來沒人買，他只是摸摸，爸拿樂譜叫他彈彈看，練的第一首是古早古早野獸合唱團的〈日昇之屋〉，吉他譜的和弦簡單，貝斯更輕鬆。

不該玩貝斯，哪個塑膠拿破貝斯來賣，存心騙錢。如果沒有破貝斯，小傑的生日禮物說不定是鎖在玻璃櫃不讓客人摸的一次世界大戰德軍刺刀。沒有貝斯，下午放學更不會去阿三家，五點以前就進店，說不定爸心血來潮叫他不必去自助餐店買便當，帶他吃巷口日本料理店，爸愛生魚片和蒸蛋。五點半他們不會在店裡，阿爸不會身體不舒服，不會倒下。

操，他對廁所裡的鏡子罵。

大約噴口水的關係，一道光閃過鏡面。

2

法醫很老，鬍子恐怕好幾天沒刮，牙齒黃的。

「我是法醫，姓昺，上面是日，下面丙，大家省略了日，把我寫成丙法醫。年輕人什麼都愛省略，JJ、AP、CC，亂七八糟。」他對老警員說，「日丙昺，光明的意思，全台灣沒有甲法醫、乙法醫，只我一個昺法醫。」

老警員笑得尷尬，小傑瞄到他在平板上寫了丙法醫，擦掉丙改成昺。

「這位是死者？躺成這樣。我看看屍體，搞不好不用請市刑大鑑識人員，他們架子大了，至少等三小時。」

搞得好呢？小傑忍住沒問。

昺法醫跪在屍體前看了看，

「奇怪，沒有外傷，不像意外死亡。」

「說不定跌倒撞到頭部。」老警員小心地問。

「後腦沒腫沒血，你的假設不成立。」

昺法醫再看屍體背面，看眼睛，看口腔，

「不像中毒。」

「昺法醫覺得是自然死亡？」

「自然死亡？」昺法醫瞪年輕警員，「躺成大字形，有人心肌梗塞前先躺好擺出這個姿勢，想自拍賺一百萬次點讚嗎？」

他翻一旁垃圾桶，進後面看了看，眼珠突在眼鏡的鏡框上緣，

「你是死者兒子？這裡沒廚房？你爸幾點進來，吃過什麼東西？」

「他平常四點多快五點上班，七點開門。」

「晚上七點？他做什麼生意，七點開門？附近是不是有地下賭場？四點以後吃過什麼？你幾點見到他躺地上，幾點打電話報警？消防員檢查說你爸已經死了？他的藥放哪裡？不管哪種藥，台灣每個人都有藥，否則也有維他命，不然安非他命。他最常去哪家醫院？有什麼慢性病？每年做健康檢查嗎？最近一次什麼時候？你是他兒子？長得不太像。」

「我像我媽，可以麼。」

昺法醫不習慣被人嗆，

「像媽媽？不是不可以。」

——＊＊——

爸和媽怎麼認識到結婚，小傑沒問過，總之他懂事以來就有爸和媽，國中一年級有天爸皺眉頭看他，自言自語說我兒子愈大愈像他媽。

媽聽到爸的評語很高興，緊緊抱住小傑，當然，我兒子，像我好，我們家族DNA健康，三代死在自家床上，自然死亡，很少感冒，沒得過重大疾病，平均壽命九十一。

第一次聽到「自然死亡」是從媽嘴裡，以前小傑一直以為老到活不下去的死亡叫自然死亡，生病死的才是不自然死亡。

媽補了一句，不像你們鄭家的人最好，鄭家的人龜毛。爸私下對小傑說，你媽日本人，日本人都處女座，更龜毛。

十七年前小傑誕生於台大醫院，差點誕生於台大法商學院前面。媽肚子痛，喊著快送她去醫院，爸卻進臥室整理帶去醫院的衣服。據說一路上媽一邊尖叫一邊捶爸，計程車開到距台大醫院不遠的台大法商學院，小傑幾乎快伸出頭。

送醫院重要還是裝行李袋重要？每次爸惹媽生氣，媽一定說起生產的事，阿爸馬上閉嘴。記得他悄悄說過「神經病，誰叫我愛結婚」之類的抱怨。

小傑對自己怎麼由受精卵變成嬰兒，可能比爸還清楚，因為媽愛說你爸愈老自閉症愈嚴重，不說話，害我沒人說話。媽眨眨眼用假裝正經的口氣，那是個月黑風高的夜晚，你爸難得公休請我看電影吃宵夜，喝兩瓶黃標台啤，裝醉騙我送他回家——被爸打斷：什麼月黑風高，又不是搶劫。

爸說最多話的一天是第一次領他到店裡，說了繼承的事，鄭家的祖傳事業傳子不傳女。小傑猜，和當初創店祖先把店標做成圓框內一個鄭字有關吧，古時候女人嫁人要冠夫姓，要是鄭家無男丁，唯一女兒嫁給姓陳的就不能「圓框鄭」，變成「圓框陳鄭氏」。要是女兒又沒生兒子，生的女兒嫁給姓李的，再變成「圓框李陳氏，原陳鄭氏，創店名圓框鄭」。店名太長，放不進圓框，鄭家歷代都得有兒子，否則老店後繼無人。

很想問爸，把圓框改大一點就好，至少比每一代非生兒子不可容易多了。想像如果八代全部生女兒，圓框鄭改成長方形，招牌從四樓拉長到一樓，夠威，全台第一長店名。

「傷腦筋。」阿爸拍兒子的額頭，「想像力太豐富。」

鄭家到鄭鵬飛這代只生小傑一個孩子，爸看著他，用沉重語氣說：

「命運注定你非接祖先留下來的店不可。」

離婚可能也和「圓框鄭」有關。媽姓竹內，外公日本人，被公司派到台北而認識同公司的台灣籍阿嬤，生下一子一女，兒子選擇隨父母回日本念大學，女兒留在台灣。按照媽的說法，不小心認識鄭鵬飛。婚後本來感情很好，可是公公突然心肌梗塞死了，爸接下祖傳的「圓框鄭」，每晚七點開店，日夜顛倒，媽叫他改行好多次，爸不肯，吵到鄰居差點請警察來。

由爸告訴他，表情嚴肅，學玻璃上面蒼蠅那樣左手搓右手，右腳抖不停，說話不敢看小傑：

「我和你媽協議離婚，以後她回日本，你是我們兒子，你決定跟誰，我們尊重你的選擇。」

小傑和媽親近，卻選了阿爸。

始終沒想通為什麼選爸。國中生愛和朋友在一起，去日本沒朋友，又要學日語，想到就累，這樣心情做出的選擇吧。

與媽保持聯繫，第一年天天 Line，進高中至少每星期 Line 一次，如果沒按時傳訊息去，她打來罵人。媽是北海道人，爸說她聲音裡夾著冰雪。這點是小傑與爸少數的共識。想不通，大家說日本女人溫柔，為什麼媽和溫柔的距離比台北到北海道更遙遠。

想起來，媽生氣時說日語，他和爸聽不懂日語，一律當成媽罵人。

要是他們吵到要離婚那天，小傑堅持不同意，說不定他們不離了。那時小傑想什麼？他只要說如果你們離婚，我離家出走。不然恐嚇他們，你們離婚，我去找羅曼作夥當流氓。

他有很多方法阻止父母離婚，可是他什麼也沒做。同學兼鄰居的羅曼罵他推卸責任，騙自己年紀還小，用不懂事當藉口。

「你國中了耶，小傑，不會賴在地上哭，假裝要自殺，媽咧，學我，對他們說，恁伯瘋起來，連我自己也怕，你們離看看。」

他送她去機場，媽抱著他說，

「千萬別繼承你爸的店，歡迎你隨時來日本找媽，北海道不是只有冬天。我有空保證飛到台北看你。」

重點在於「千萬別繼承你爸的店」。媽不想，小傑更不想，腦袋破洞吹電扇才把自己鎖進又破又爛還半夜做生意的屁店。

小傑相信自己像媽，不僅外貌，他在乎朋友，完全不像話很少的爸。

——＊＊——

「我像我媽。」他對昃法醫再強調一次。

「沒人反對你像你媽。說說，你爸近來心情好不好。」

「他就這樣，每天晚上顧店，我同學羅曼說我爸除了店，沒有老婆，沒有心情。」

「沒有心情的男人，你同學形容得好。」昃法醫發出喉嚨被痰卡住的聲音，「有意思。我是指經濟壓力，外面欠人錢。他賭博嗎，打麻將，玩撲克。好吧，離婚後他的感情生活，你留意過？」

「不瞭經濟壓力，反正店和我家的房子都沒貸款，我爸說的，鄭家來台八代從不欠人錢。」

「八代？十七世紀來台灣？厲害。他的感情呢？離婚後女朋友也一代二代三代到八代？」昃法醫自顧自笑得最好斷氣。

「和我媽分開以後沒交過女朋友。」

「確定？」

「他只有店，對別的沒興趣。」

昺法醫的眼神再次越過眼鏡框上緣盯住小傑，

「對你呢？」

「對我怎樣？」

「你是他兒子，對你好嗎？」

「七十五分。」

「要求嚴格的兒子。另外二十五分呢？」

「和我媽離婚，扣掉了。」

「你，」昺法醫看一眼年輕警員手中的平板，「鄭傑生，你相當有意思。」

「我爸要解剖？」

「死亡原因不明，解剖為法定必要手續，以防他被人害死，我們不能讓凶手逃脫法律制裁對不對。放心，我技術一流，江湖有名聲，到時還屍體給你，看不出動過刀的痕跡。」

「誰害死我爸？」

「殺人原因不外乎感情、金錢釀出的仇恨，若感情糾纏上金錢，恨意更重。再請問，他躺成大字形，一盞蠟燭燈和兩支蠟燭什麼意義？平常的宗教信仰，道教、佛教？」

「我爸？沒。」

「蓮花燭臺哪裡來的？」

「他店裡的，停電時用，本來兩盞，一盞被我打破。怎樣？」

昗法醫拿起蓮花燭臺看了又看，

「初步判定你爸心肌梗塞死亡，可能先天性，突然發作。他以前心臟不舒服過，看過病嗎？」

「沒有。」

「心肌梗塞，死亡前大多抓心口，心臟痛嘛，倒下後，身體扭曲，縮成蝦子，不然捧出瘀青。你爸躺成大字形，頭頂一盞蓮花燈，兩手旁各一根蠟燭，沒人心臟病這樣死的。一個可能，死前屋內有其他人，把他擺成這樣。」

老警員不耐煩，已低頭對通話器說：

「不明原因死亡，通知市刑大。」

昗法醫兜著店內東看西看，

「貨品雜，很多年沒重新裝潢，」他看看櫃檯上的兩個便當盒，「炸雞腿，嘖嘖，涼了不好吃。你父親做哪種生意？」

店門口不是掛了招牌，他沒看見「圓框鄭」的商標？

「鄭記當鋪，我爸開當鋪，連續八代經營。」他吸口氣唸出流利的英語，「Since 1661.」

3

爸的屍體被另一輛救護車載走，老警員塞給他名片：

「有事叩我，派出所姚巡官。」

昺法醫則向他要當鋪名片：

「檢驗完我給你電話。接下來你有喪事、繼承很多事要忙，振作。今年高二？多令人懷念的黃金時期，別浪費。」

鄭記當鋪大門拉了封鎖膠帶，經過市議員出面擔保，小傑由里長伯帶回家，暫時監護。

里長家在千歲宮前面的公寓三樓，里長婆抱住小傑，

「誰下毒手，別怕，我們家壞人不敢來。」

小傑懶得說心肌梗塞的事，不相信爸被謀殺，鄭記當鋪生意之爛，從每天買便當的預算就推算得出。現在銀行一條街五家，誰菸一根一根抽，酒一杯一杯飲，重出江湖來當鋪借錢。爸說過，政府規定當鋪利息每個月不得超過百分之二點五，一萬元的利息每月至多兩百五十元。如果客人拿貴重寶石來當，要求借一百萬，每個月能收到利息兩萬五千元，聽起來不錯，可是小傑懷疑他爸有沒有一百萬借人家。

一百萬？他連十萬元也沒看過。爸店裡沒保管箱，銀行存摺放門口抽屜，小傑翻過，三本加起來不到三十萬。媽曾說永遠搞不懂爸從哪裡賺到錢，小傑更不曉得，從小覺得家裡很窮，卻有一間傳了八代的當鋪。同學說當鋪賺大錢，黑心錢。知道黑心，不知錢。

「吃過飯沒？」里長婆問。

小傑舉起手中兩個便當盒。

「真是的，每天吃味精不健康。我炒飯，烏魚子炒飯。」

里長婆屬於那種不管別人回答講自己話的女人，鄰居說里長伯常出去喝酒和這有關係。

里長家吃飯不講究鋪電話簿、泡茶的儀式，里長伯倒出一碟花生米配米酒，他兒子——就是小傑同學羅曼——吃鱈魚絲。小傑不敢吃花生米和鱈魚絲，他端正坐好等烏魚子炒飯，里長婆炒的飯要是吃不完，耳膜將受到嚴重傷害。

——＊＊——

睡羅曼房間，雙層床，以前他哥睡下層，他哥去當兵了。

「你爸死了，你眼屎鼻涕沒？」

「沒。」

「不肯相信啦，不相信你爸死了，你處於困惑期。」

「又知道。」

「本來啊，到哪一天你忽然發現你爸真死了，從困惑期進入頓悟期，哭到沒有極限。」

「又知道。」

「我賭今天半夜你將進入頓悟期。我陪你講話，到你累得自然睡著，喂，鄭傑生，不必假裝感動，做兄弟我做長久。」

「想太多。」

「如果你睡不著又哭，吵我睡覺，聲音往上傳，為了社會也有不能不犧牲兄弟的時候。」

小傑往上鋪床板踢一腳。

羅曼的房間很小，一張舊到隨時塌掉的雙層床和一張從他哥小學用起的書桌，木頭桌面刻滿字和圖形。他哥當兵前跟人學刺青，退伍想開刺青店，上上個月找老弟當練習對象，刺龍，嚇得羅曼睡到小傑家。羅曼不是不喜歡龍，擔心他哥刺成蚯蚓。

「你媽在日本做什麼？」

「我外公的公司。」
「做什麼的？」
「情報。」
「超驚悚，你媽情報員？」
「日本的情報是資料搜集和分析，商業情報那種。」
「徵信所。」
「應該是。」
「你為什麼不跟她去日本？她找到逗陣的沒？」
「聽說沒結婚。」
「你媽的事，你聽說？小傑，叫你常來宮廟親近神明，我說良心話，你當阿嬤駛電動輪椅去賞花喔。她哪天來台灣接你？」
「幾天後。」
「不馬上來？」
「她在摩洛哥出差。」
「果然情報員，聽說那裡很多賭場，各國情報員勾心鬥角。」
「那是摩納哥，摩洛哥在非洲。」
「是喔，我覺得差不多。」

「差一個字，差很多。」

「你去日本，等我進大學找你玩。你去過日本沒？」

「沒。」

「少在我面前旋轉，你媽日本人欸。反正帶我去賞櫻、泡湯，要快，不然等我哥退伍，被他刺得滿身滴血的青，日本人不准有刺青的泡湯。」

泡味噌湯啦，但小傑只說：

「好。」

「記得介紹日本女生給我，台灣女生現在愛騎重機的，山道猴子教壞囡仔。你看到趙宥明和六班的大奶妹去逛街沒，替女生背包包，被我撞到，他不去撞牆兼跳樓還很得意，把到妹了不起齁。」

「想太多。」

「不繼承你爸的當鋪啊，八代四百年，你不繼承是違背你爸心願。」

「不到四百年，三百六十年而已。你接你爸的里長嗎？」

「里長不能繼承，可惜。我從現在起熱心服務里民，小傑，你如果去日本我選里長就少一票。不然你保留戶籍，選舉時回來。最好留在台灣，我當電音里長，說不定請你當總幹事。當鋪老闆兼里長特別助理，不過沒薪水，做兄弟，一世人，不要太在乎幾仙錢，選舉當我樁腳，收到很多紅包再分你。」

「不懂當鋪生意，我怎麼接？」
「我教你，當鋪最重要是眼光，別人拿假貨來典當，你能一眼看出，跳上去砍他砍到西瓜爛。你喔，做人要是太古意，被騙兩三次你的店就倒了。」
「怎麼分辨？我連香奈兒包都沒見過。」
「一定要看過豬走路才能吃豬肉嗎？小傑，網路能解決人生百分之九十的疑惑。」
「剩下的百分之十呢？」
「總要有人被騙，有時候被騙，我師父不是說信徒送給神明的金牌都有假的，給神明的欸。」
上鋪窸窣一陣子，羅曼的臉倒吊在小傑面前，
「喝酒好睡，分你一嘴。」
一瓶米酒。
「我爸釀的水果酒，用米酒瓶子裝。別看我爸金假掰，他比秦始皇更怕死，只喝自己釀的酒，說健康。」
「我們還沒二十歲。」
「等你二十歲，酒被別人喝光了。放心，我爸釀的，學術名稱是發酵果汁。」
小傑喝了一口，甜甜辣辣。
「荔枝酒，每年夏天釀，春天釀梅子酒，秋天釀蘋果酒，冬天橘子酒，反正我爸

一年四季釀酒送鄰居當固樁。這瓶我哥偷的，被我找到。」

從沒喝過酒，和爸不喜歡喝酒有關，家裡最多做菜加點米酒。爸愛喝茶，南投的烏龍最好。

「別小看里長，我說我爸，他釀蘋果酒用青森蘋果，我媽罵他浪費，每次搶來給我吃。其實我爸釀的蘋果酒不豪洨，蘋果的酸味。」

爸每年十月五日喝酒，阿公的忌日，喝了酒可以和死去多年的阿公產生精神上的連結。他說的，應該唬媽的。

每到阿公忌日，媽做好幾樣阿公生前愛吃的菜供在祖先牌位前，中央一整隻雞。媽記得第一次隨爸到阿公家，阿公特別割下雞腿放她碗裡說，我們鄭家珍惜雞腿，希望妳不嫌棄。媽受到感動，看在阿公面子，勉強同意嫁給阿爸。她說的。

懂事以來，媽一星期至少上菜場買一隻雞，大部分燉雞湯，有時用醬油煮，也買外面烤的和炸的，兩隻雞腿給她老公和她兒子，爸再撕下一塊分她。那時他們感情多好，為什麼離婚，如果不離婚，媽管得嚴，放學不准去別的地方，馬上回家，然後他得提媽做好的晚餐跑步送去爸當鋪，三層的玻璃便當盒，菜、飯、湯，重到手臂廢掉。爸下午五點半吃晚餐，六點坐馬桶，七點開門營業。

五點送晚餐去，爸就不會死。

來不及吃的雞腿便當怎麼辦，明天祭爸？

「小傑，你流目屎了對不對？」

一包紙巾掉落至下鋪。

「頓悟期以後你將進入懊悔期，想很多後悔的事。懊悔期愈短愈好，要是太長，你將進入憂鬱期，到時得拜託我師父幫你收驚。媽的，我七歲喝過，兩大杯符水，喝到吐出好幾車祖先靈魂。」

小傑沒有哭，只是淚水不停地冒出來，像拿結冰水的寶特瓶站在太陽下。

「如果收驚沒有用，你的個性將改變，變得——哭大聲沒關係，把酒還我。變得神經質，進入封閉期，不和人溝通，幾年後穿皮帶繫到肚臍上面的寬寬西裝褲，後腦頭髮掉光，天天看日本ＡＶ打手槍，一天三包衛生紙。」

羅曼喝醉了睡著，小傑哭得太累也睡著，什麼也沒夢到，睡了十二小時，被羅曼溼毛巾蓋他臉上才醒。

4

「比豬更能睡。我師父來幫你收驚，我媽把他罵走，說你釋放疲勞，身體上和精神上的，睡眠有助於恢復元氣。你知不知道我媽大學念過心理學，她當復健科醫師太可惜，嫁給我爸也太可惜。我媽，非塑膠品，不鏽鋼的。」

小傑對里長婆一向尊敬，不管她念過心理學沒。

坐進廚房，羅曼幫他準備早餐。

「睡十二小時，以為時間可以按暫停。希望我也能睡那麼久。我媽替你燉的雞湯。」

一大碗雞湯麵線，中間一隻雞腿，小傑忍住淚，連平常不吃的雞皮也吞進肚，和媽燉的雞湯不同，濃濃中藥味。

「阿三他們來過，阿三的姊姊，對，腿長到逼死人的那個大姊，她是律師，答應幫你處理所有繼承的事。小傑，繼承你爸財產，會不會發財？」

「發屁。」

「太好了，你沒睡成白痴。派出所的來過，你媽從日本打電話給他們，下星期到台灣接你，當你監護人，你爸留下的財產由她暫時幫你管理到你十八歲成年。你差幾個月十八歲？」

「十三個月。」

「十三個月後你是當鋪老闆，哇靠，難以想像我們同學裡面白痴第一個當老闆。」

「當屁。」

「不要當屁，很多大學生不知道畢業做什麼，你十八歲連機車駕照沒考就有事業，被人知道集體撞台九線。」

吃完雞湯麵線，羅曼再送來紅豆麵包。

「阿三送的，他知道你愛學校對面這家做的，送六個，我幹掉四個，誰叫你一直睡。」

「我現在怎麼辦？」

「警察叫你打電話給丙法醫。好笑，他們法醫分甲乙丙，丙級最低對吧。」

——**——

因此飯後小傑撥了昺法醫手機，得到確定的相驗結果。

「鄭傑生同學，我是昺法醫，上日下丙的昺，光明的意思。化驗結果你父親體內無毒性反應，無傷口，鑑定死亡原因為心肌梗塞，他可能不知道自己有心臟病，近來天氣悶熱，突然引發，來不及求救。」

「你說心臟病死亡的人不可能擺成大字形。」

「嘿，虧你記得。市刑大鑑識中心的報告出來了，蓮花玻璃燭臺的蠟燭燒過，按照蠟燭油的硬軟度，說明你爸死前兩小時因為信仰還是什麼點燃蠟燭，一時情緒激動什麼的心肌梗塞。」

「他從不點蠟燭，昨天為什麼點燃蠟燭？」

「You ask me, I ask who. 你是他兒子，你爸有哪種宗教信仰？」

小傑無法回答。

「蠟燭已經點在那裡，他心肌梗塞時往地上倒，恰好頭部在蠟燭下面。」

「你不是說他躺的姿勢奇怪。」

「世界太大，什麼事都可能發生，他的姿勢說明我見識的世界不夠大。」

「那怎樣？」

「你父親自然死亡，我已經開立死亡證明書，遺體送殯儀館，死亡證明書在派出所，有空去拿。建議你三十歲後定期做健康檢查，心臟病可能遺傳。最後，鄭傑生同學，堅強，逆勢成長，永遠懷念你父親，那將是你今後人生最珍貴的記憶和力量。」

淚在前晚流了，但直到此刻小傑方確定父親真的走了，不過他未放棄，用跑百公尺的速度衝出門。

—— ** ——

宮廟黃阿伯在公園大樹下看孫子溜滑梯，見到小傑尚未反應過來，小傑已經將握成拳頭的手伸到他面前。

「三魂七魄，我爸的，昨天我在他身體周圍抓，你看我抓到沒？」

黃阿伯愣愣看著那個拳頭。

5

羅曼的里長爸爸回來，盛一碗雞湯坐小傑對面。

「你爸是個好人，很多年前隔壁阿婆還在世，兒子好賭，輸了很多錢，拿娘家陪嫁的金飾去典當，你爸估價超過金飾的市場價格，一年後阿婆女兒拿錢贖回，他不肯收利息。你爸做很多貼心的事，沒對你說過吧，他就是這種好人。基督徒進天堂，佛教徒到西方極樂世界。」

「我爸沒信教。」

「沒關係，我請宮廟老黃幫他超渡，早日投胎到積善人家。老黃說你去找過他，三魂七魄，不方便對你說，和我說了，你已經十七歲，我考慮再三還是對你說說吧。三魂七魄就是靈魂，你抓到了，傑生，你抓到你爸的靈魂了。」

里長伯將一個摺成六角形的小黃符塞進小傑手中，

「老黃說和他以前的經驗不同，以前要不靈魂早散了，沒感應，要不聚著不肯走，感應強烈，得再三安慰，讓他們安心離去。你爸不同，好像感應得到，一下子又不見。黃阿伯說呀，替你爸多上香，請他放心，不用他繼續為你操心。」

「聽不太懂。」小傑捏著六角形的黃符，「我爸的靈魂在裡面？」

「不知，大概保佑你的。傑生，放下，你爸永遠活在你心裡。」

「我該替我爸找靈骨塔嗎？」

「這些事我來，到時你聽我指示。」

他夾另一隻雞腿放進小傑已經空的碗。

「鄰居好奇他到底怎麼賺錢，我叫他們不要問，有些人貪財，有些人愛惜祖傳當鋪的名聲，要不這樣，鄭記當鋪不可能傳了八代。傑生啊，四百年，你是第九代，別辜負祖先留下的恩澤。」

三百六十年。小傑想，非得繼承當鋪不可嗎？

「你爸對你期望高，有次我們聊天，我罵我家老大不肯繼承里長，趁年輕好好培養人望，大學畢業出來選里長，我半生為里民服務，建立豐富人脈，他一定當選，跑去學什麼刺青。哎，別人家叛逆的是老二，我們家是老大。你爸原來也不肯繼承當鋪，當老師多好，後來看你阿公維持事業的辛勞，接受了。你爸沒教過你怎麼經營當鋪吧，沒關係，你的血緣，花時間了解，你能做得比他還好。我閱人無數，看得見你的未來。」

里長伯認定他一定接管當鋪，裝語重心長的樣子：

「你爸老是對我們說你聰明，你一定可以。懷念不如行動，傑生，證明給在天之靈的你爸看。」

當天下午小傑去派出所拿死亡證明書的路上，另外三名鄰居也說同樣的話。

「傑生，加油，鄭記當鋪由第九代接班了。」

——＊＊——

派出所年輕警員教他如何處理接下來的事情，像拿死亡證明書去銀行、戶政事務所辦遺產繼承。

「當鋪的封條已拆除，你有鑰匙，可以隨時進去。」

當天晚上隨著里長在當鋪祭拜阿爸，結束後里長留下兒子陪他。

「謝謝你爸幫忙。」小傑送走長輩。

「沒什麼啦，他巴不得你趕快繼承你爸的當鋪，讓我哥和我慚愧。」

「慚愧什麼？」

「和老百姓說不通，我爸上刀山下油鍋非要我們繼承他的事業當里長。」

想像不出羅曼當里長的樣子，成天坐辦公室上網打電動，外面里民排長龍等待心理輔導，羅曼對投他票的人說，你進入怨恨期，三個月後將進入殺人期，快回家把菜刀送來里辦公室保管。

「當鋪長這麼？賽，這裡屏風那裡屏風，不怕走路撞到。」

爸說過，以前進當鋪的大多好野人，一時手頭緊，不然偷長輩的東西，怕被別人看到，屏風用來保障隱私。

「你們店為什麼沒窗戶，怕晒出老人斑。」

爸也說過，沒人願意進四面光光的當鋪，還是怕被別人看到。

「別家當鋪裡面擺很多金錶，你們店裡沒有。」

店裡沒金錶，什麼金的都沒有。小傑第一次認真看八代遺傳下來的圓框鄭，開門進來兩個屏風隔出中間細長玻璃櫃，上了鎖，裡面有錶、筆，看不出是什麼碗糕的紀念品，還有一個據說很了不起的青天白日勳章，得獎者本人簽名，比棒球簽名球更值錢。左邊牆上掛很多女裝和西裝、大衣，右邊牆上掛了十幾幅畫，小傑只認得其中一幅寫張大千的名字。右邊牆角擺一輛擦得反光的偉士牌機車。東西不多，被屏風隔了好像到處都是，加上光線暗，充滿神祕感。

「你們家那麼多正點西裝，你爸怎麼不穿？」羅曼鑽進屏風後面用他髒手摸衣服。

「當鋪有三不妥，戲服啦，旗鑼傘扇啦，亂七八糟的首飾。現在沒人當戲服，西裝大衣收了也不能穿，搞不清來歷。」

「為什麼不妥？」

「可能是死人的壽服和陪葬品。」

「嚇我？你一定要這樣玩？江湖在腳下，你踩我也踩，沒有誰怕誰。」

羅曼坐上那輛很舊很舊的偉士牌機車，

手骨。」

「古典機車，靠，用鑰匙發動，手排檔，聽說以前人騎這種塑膠車換檔換到扭斷

開通，差點要哭。

小傑進櫃檯打開爸的電腦，開機密碼試了三次，靈光一閃用自己出生年月日馬上

羅曼捧五本書來，打斷了他情緒。

「書也可以當？」

小傑翻開書的第一頁，

「一百二十年前日本詩人在台灣出版的詩集，手工油印，一版印刷兩百本，有詩人的簽名和日期。」

「限量古書，值多少錢？」

「上面寫的日幣售價乘一百萬倍。」

「詐騙集團！」

小傑愣住，不是因為羅曼罵他騙人，而是，他怎麼直覺地回答一百萬倍？打開電腦上網查，果然東京的拍賣價五十萬日圓起跳。

電腦桌面有個檔案名稱是「給傑生」，點開檔案，數行大字：

傑生，如果我已不在，別怕不知怎麼經營當鋪，按照以下我寫的步驟學

習。你是第九代，生下來就是為了這間當鋪，初入門不免慌張，前三年謹慎交易，苦過三年便通了，切記勿忘鄭家代代相傳的助人於疾苦之心。

本鋪由先祖歷陽公創設於一六六一年七月五日，迄今三百六十二年，交至我手中已第八代，秉持以生命保護顧客權益的信念，這是我們的責任。

接著你辛苦了，每晚七點至翌日清晨五點，務必準時開門與關門，營業時間外一概不接待客戶。每月初一、十五公休，如因其他事故無法營業，請貼告示於大門。做生意唯誠信而已。

傑生，你一定可以。

又記：本店多為老客戶，不會刁難你，唯一白髮白鬚老人，自稱歷陽公堂兄弟後人的顧客，要求典當的物品不論多值錢，一概不收，問的問題一概不答，包一紅包，裡面放多少錢不拘，送他當做來一趟的路費，恭送出門。別問我原因，祖宗遺命而已。

店內發生任何異狀，找里長伯和千歲宮的黃阿伯，他們自會幫你處理。

再被羅曼打斷，他手中握著一把劍，

「古劍？屠龍劍、亞瑟王的石中劍？」

小傑接過抽出劍，寒光刺目。他指靠近劍柄的劍刃上一行小字：

「莫邪，春秋時代鑄造的名劍，兩千五百年前。」

「跟我談歷史？恁伯的人生歷史已經夠血腥。沒人贖回去？小傑，你發了，我當你助理，店裡打掃洗廁所，幫你買便當，替你洗衣服，每年分百分之三十的利潤，我甘願做牛做馬做奴隸。大哥也從小弟做起。」

「假的。」

「假的？」

「真的寶劍會掛在外面牆上嗎？」

「你又不懂骨董，如果是真的，喂，上億的價值。」

「你用指頭彈劍刃看看。」

羅曼彈了，咚的一聲。

「假的吧。古人彈劍唱歌，彈劍刃應該發出輕脆聲音，噹，不會咚。」

話出口時小傑心頭一緊，爸以前告訴過他嗎？爸吃飯還是走路時東說一點西說一句，那些話居然鑽進他腦子，今天怎麼全冒出來。

「可惜，看起來像真的。賽，假的也掛出來，我們生活已經夠甘苦，你還把我們當阿甘。」

小傑再發愣，爸從沒拿那把劍給他看過，他怎麼直覺知道劍刃上刻的字在哪裡？

怎麼知道彈劍刃該發出什麼聲音？打從他有記憶起劍便掛在那裡，和打雷之後下雨，春天來了打噴嚏一樣理所當然，以前對那把劍好奇過嗎？

「給傑生」的檔案很大，包括相當多圖片檔，他滑了滑，得花很多時間研究，明天吧。

——**——

他參考網路，列印出「員工旅遊，休息七天」的告示，關店時貼於門上，一陣冷風吹得紙張差點飛走，羅曼幫他用膠帶貼五花大綁的X形。

「員工旅遊？對，你爸去旅遊。」

小傑眼眶忽然酸酸的，羅曼拳頭伸到他眼前，

「小傑，安啦，我給你靠。」

兩個拳頭碰一起時忽然刮起一陣風。

六月初，白天室外溫度高達三十六度，到半夜才會降到三十度以下，這股風卻如同來自北極，吹得他不由自主打起哆嗦。

晚上仍睡羅曼房間，上鋪傳下來同樣米酒瓶裝的酒，

「找到一瓶我爸的蘋果酒，拜託別喝太多，不然又睡十幾個小時，嚇人。快考試，明天不能缺課。你以前喝過酒沒，有些人對酒精過敏，昏睡是過敏症狀之一。」

「我對你過敏。」

「啊同學，我說一句你嗆一句，這樣怎麼聊天。」

小傑喝了一口即睡著，睡得不安穩，許多人影快速穿過他的夢境，看不清什麼樣子的人，每個都拉著很長很多的殘影，如同檔案太大，電腦跑不動。穿紅衣的人影醒目，梳辮子的女生，踩在滑板上那樣滑行。女生移動頭部，她轉頭看小傑，模糊的臉孔，一下子滑出了夢的螢幕。

6

考完試等著放暑假，媽傳來訊息，她等機位從摩洛哥先飛回日本。學校老師、同學聽說了小傑喪父的事，不約而同用行動安慰他，吳老師就對他說，去忙家裡的事，不能來上學沒關係。

平常不來往的主唱小月和志明相約到當鋪看小傑，大人探望喪家多送花，他們送餅乾，盒子上印英日文，看起來揪高貴。

「我們合送的，能幫什麼忙？」

「不必客氣，記得去阿三家練歌，不然阿三很孤獨。」

＊＊

阿三和他當律師的大姊來了，當高跟鞋敲著爸鋪在店門口的石板，一雙曾令他和羅曼幻想好幾個星期的長腿邁進店。

大姊一向不多話，眼球轉來轉去看她弟那群長不大的同學。拍了他和阿爸的身分證，帶走兩份死亡證明書以便辦理遺產處理事宜。

「你爸養花？」

爸別說花，草也沒養過。

她摸摸這摸摸那，

「桂花香，太濃，太嗆。」

桂花？小傑送走阿三和大姊，急著在店內尋找，沒有花，難道自己嗅覺失靈，從未在店內聞過什麼花香。

接到媽的電話，她的日本腔比以前重，說話變得日本文法，把動詞放後面。

「機票訂好，下星期台北回去，傑生，吃飯記得。」

不能再住里長家，很多事要做，回家整理爸遺物，打掃房子，醒悟一件長期忽略的事，原來爸愛乾淨。後陽臺清潔工具齊全，父子倆的衣物收抽屜，內衣內褲T恤捲成圓筒狀，襯衫掛衣架，襪子兩隻套成一坨，以前從不知道爸潔癖嚴重。

進銀行刷了三本存摺，合計爸留下二十九萬六千四百元，台銀那本最多，二十二萬，上面寫：傑生教育專用。

小傑看著存摺，眼睛又酸了。

趁去日本前查出爸到底怎麼死的，不能讓爸死得不明不白。

——＊＊——

下公車走一段山路，到台北市相驗中心，昺法醫站在門口抽菸。醫師還抽菸，這個社會沒救了。

看到小傑，昺法醫沒特別高興，沒特別不高興，只對小傑送去的餅乾笑得合不攏嘴。

「貪吃鬼，我。」

昺法醫沖咖啡請他。老人家做事節奏分明，如同爸泡茶的儀式，手磨咖啡豆，溫杯，燒開的熱水放置一會兒再澆咖啡濾紙，倒進咖啡粉。和爸不同的地方是昺法醫用可能以前白色現在黃黃的手術外袍擦杯子，自己先嚐沖出的咖啡再倒進杯子，小傑喝的便是這個沾滿不知名細菌外袍乾洗過的杯子。

「不相信你爸自然死亡？」

昺法醫腳蹺桌面，不洗手即捻起餅乾送進嘴。

「很好，人類進步的基本動力在於好奇，看餅乾分上，問吧，我能幫你的絕對幫。

啊，開死亡證明書要收三千元走路工費用，免了，下次有好吃的別忘記窩在這裡的孤苦老人家。」

說孤苦，不太離譜，相驗中心位於辛亥隧道口的二殯一角，附近沒什麼住家。這裡也是台北最常下雨的地方之一，這天落著濛濛細雨，㚖法醫辦公室的除溼機聲音接近戰車。

「我的意見，心肌梗塞死亡原因和血管堵塞相關，平日養成運動習慣，讓血液快速流動，沖洗血管。還有就是遺傳。你爸年紀不大，心肌梗塞機率理應不高，說不高，表示發生的機率依然存在。死前擺成大字形，找不出醫學原因，大多數心肌梗塞的人掙扎爬行到放藥的地方，你爸沒有心臟病藥，我查過，心臟科就醫次數零。他躺在地板的形狀好像告訴發現屍體的人，放心，沒事，我出去一下。」

「有其他傷口和疾病嗎？」

「完好如初生嬰兒，倒在地面，皮膚沒磨擦痕跡，體內器官正常，血管看不出被脂肪堵塞，他心肌梗塞確實不太可能。我說過，不太可能的意思是也有可能。」

「我該怎麼辦？」

「想調查你爸的死因？這樣，設法找到你爸親人當初過世原因，你祖父、祖母、叔公的，能夠再找到曾祖父一代的更好，慢慢建立起家族病史。資料庫愈大，分析出的準確性愈高，預見你未來生什麼病、活幾歲，可能怎麼死亡，僅憑你爸的屍體，找出的線索有限。」

「建立資料庫我能預見自己活到幾歲？」

「理論罷了，人生不可預測，值得參考就是了。」

想起爸藏在衣櫥內的餅乾桶，他曾說裡面裝了鄭家歷代資料。

「以前家族關係緊密，現在有的子女和父母過年才聚一次，找找看，你們家的當鋪傳了八代，表示歷代父子感情深厚。家族史藏在你家的照相簿、筆記本。我父親過世，四個子女，我分到一口皮箱，皮做的箱子，旅行用，裡面塞滿他生前文具、信件，值錢的是集郵冊，其中兩張郵票值百萬，捨不得賣，留給我兒子當傳家之寶。」

他嚼另一片餅乾，並且好心分小傑一片。

等等，他想到爸的餅乾桶，昺法醫怎麼就說到他父親的皮箱。

「開當鋪的重視垃圾。對不起，垃圾是恰好迸出我喉嚨的比喻，從廢物裡找出寶貝。小時候我父親找到一支舊錶，早就不能走了，想丟掉，經過當鋪，想說進去問問看能當多少錢。當鋪老闆看到錶，我父親形容老闆的眼睛發亮得近乎夏天十二點半的太陽。」

「他當了嗎？」

「收回錶馬上回家，按錶殼背面公司名字找到錶的台灣代理商，他們建議送到瑞士修，不然願意以十萬元收購。當然，我不是說每家當鋪都黑心，只是我爸看到家族陳年垃圾想到其他的可能性。」
「十萬元很多？」
「四十年前，天價。」
「什麼錶？」
「搞不清，錶上鑲了幾顆以為玻璃的鑽石。我父親賣錶買了中華路的房子，我現在住的地方。」
「我該回去找我家的歷史資料，可是怎麼分析家族遺傳疾病，你願意教我嗎？」
「自行束脩以上，吾未嘗無誨焉。束脩隨便，漢堡、披薩、麵包，任何高膽固醇食物，回到家我老婆和我女兒只准我吃花椰菜。」他敲敲餅乾桶的鐵蓋，「餅乾，我收下你的心意。」
離開時不好意思讓昺法醫送，自己出去就好。他堅持，不是送小傑，又出去抽菸。

7

學爸，下午五點進當鋪，打開電腦閱讀「給傑生」。七點羅曼送便當來，
「我媽叫你到我家吃飯，忘記了？有勞我送來，是怎樣，把我當細漢。」
吃飯時仍盯著電腦螢幕，前面十頁教小傑這間小鋪的布置和物品分類，原來牆上

掛的、玻璃櫃內擺的都經過安排。櫃檯上面的鐵柵欄不只防盜，另有歷史典故，鐵柵欄上面焊的裝飾用鐵花名為三角花，也稱九重葛，家族的家徽。看樣子不能拆下來當廢鐵賣，祖先半夜找他算帳。

第一代鄭歷陽開當鋪於台南市，鋪名鄭記，第四代於一八九五年負責為劉永福的黑旗軍籌款買武器對抗日本軍，兵敗後，鄭記為免受到牽連，連夜搬遷至台北。

羅曼閒著，巡視每一角落，對偉士牌機車顯然興趣最高。

「如果我發動，它會動嗎？」

「鑰匙在椅墊下面。」小傑未抬頭，他的注意力被爸的檔案吸引。

咦，小傑想，怎麼知道偉士牌鑰匙在椅墊下面？

羅曼果然在椅墊下的儲物箱找到鑰匙發動了機車，

「騎這款車飆台七線，被人當肖仔。」

「沒人請你騎。」

「向你租，一次多少錢？」

「典當物品，我們保管，不宜濫用，有損商譽。」

他說話的口氣忽然如同阿爸附體。

「小傑，你說話和以前不一樣。」

「以前我會怎麼說？」

「以前老百姓會說，我問我爸看看，說不定他不肯。」

「我以前這樣子？」

「記不記得上次考試在阿三家念書，結果變成打電動？考試那天快睡著，你說如果不打電動，說不定我們考得很好，進國立大學的機會增加。」

「真的？」

「阿三罵你根本說不定先生。」

「現在呢？」

「講過又忘記，哎，老百姓剛才說的全部肯定句。」

「是喔。」

羅曼熄了火，轉而看向玻璃櫃裡的鋼筆、手錶、打火機。

羅曼伸腳踩地面下偉士牌的那一剎那，小傑看到好幾個人影從透明的空氣跑出來，跑過機車，跑進另一邊透明的空氣。

夢裡的畫面。

「你坐回偉士牌再下來一次。」

「幹麼？」

羅曼坐上車再下來，小傑沒看見人影。

「坐上去發動，熄掉引擎再下來。」

羅曼做了，熄掉引擎伸腳落地時，人影出現了，四條跑步的半透明人影。

——＊＊——

兩人站在偉士牌前面，龍頭上的紙板是阿爸筆跡寫的：1963 出廠 150CC。

「銅罐仔車，隔這麼久，當的人不回來贖了，看兄弟情，我幫你上網拍賣抽三成。」

小傑用心回想，想不通。

「我爸從沒發動過，店裡空間小，不能不把它放在這裡，想不到你一踩，引擎就啟動。奇怪。」

坐上偉士牌，

「羅曼，你站遠一點，注意看我熄火下車。」

「看三小？」

發動引擎，關掉引擎，伸腳著地下車。

小傑走回羅曼面前，

「看到了嗎？」

羅曼被凍結成青蛙那樣，張開嘴，瞪大眼。

「看到沒？」

「有幾仙尪仔跑過去。」

「你也看到，太好了，至少我眼睛不是散光。」
「散光？」
「看到幾個人？」
「一、二、三，四仙。」
「是不是拖著殘影？」
「殘影。」
「詭異。」
「你不怕？」
「不怕，你呢？」
羅曼猛然往上跳，用盡氣力大喊：
「幹，怕死了，恁伯卡好遇到那個字，怕到快尿褲子。」
羅曼癱在地面。
「我在夢裡看過同樣畫面。」
「哪天？」
「睡你家那天，忘記哪一天。」
羅曼爬起來，
「睡我家，死老百姓把那個字帶到我房間？」

「不確定是不是，夢而已。羅曼，你師父是宮廟黃阿伯，你是小師公，怕那個字，笑死諸天神佛。」

羅曼已經往外衝，

「今天起你睡你家，以後我們不必相認。」

跑了，羅曼跑得無影無蹤。

——＊＊——

忙到十點，小傑初步了解典當物品的分類法，櫃檯外的玻璃櫃是超過典當時限未贖回的流當品，不過爸不願拍賣，打算送原廠修理再賣，價錢高很多，但他沒時間也缺資金，暫時未送修。檔案內寫著：

傑生，先修鋼筆，筆尖狀況是鋼筆值錢的地方，維持得不錯，把墨漬清洗掉換新墨囊再賣，附件是當初典當價錢和日期，三十年以上的乘以十，五十年的乘以一百。我捨不得賣，你缺錢的話就賣，錢的意義在用途，不是數字。

明細表內鋼筆十一枝，七枝三十年以上，四枝五十年以上，祖父和曾祖父時期收下的典當品。可惜羅曼不在，他聽到價錢會發瘋。

他回來了，

「我師父說不用怕，他在你家裡貼了符咒。被他飆一頓，師公的徒弟怕那個字，砸了他的招牌，叫我回來習慣。你再發動機車，我看個夠，看到習慣就不會怕。」

小傑原想告訴他鋼筆的價格，來不及說。

「習慣？黃阿伯神經病，習慣那個字有什麼用，你畢業真的要當師公？」

「念完大學再說，反正先習慣，我師父說習慣不花本錢。」

「好好讀大學，畢業選里長。」

羅曼看著小傑：

「你變咧，確定接你爸的當鋪？」

「不一定，說不定跟我媽去日本。」

羅曼一下子倒在地面，張開兩腿，兩手在空中划動，

「小傑回來了，你又說不定了。」

有嗎？

「你看到店裡哪裡放了神像或牌位？」

「沒。老百姓的店，不是我祖媽的店。找神像衝啥？」

「祭拜，我爸留言，每天要拜。」

「拜祖師爺啊，你們當鋪祖師爺是誰？」

「馬援。」

「誰？」

兩千一百年前

馬援活躍於公元前一世紀東漢光武帝時代，幫光武帝打天下，受封伏波將軍，曾經打敗如今越南北部的交趾，留下「馬革裹屍」的名言，意思是男兒應該戰死疆場，不能躺在病床死在兒女的哭聲裡。

傳說他散盡家財照料邊關人民，當鋪乃拜他為祖師爺。

也有一說，馬援攻下交趾後搜刮財物未上報朝廷，被人檢舉，光武帝一氣之下收回封給他的印綬。

搜刮財寶，馬援的行為成為當鋪經營的準則，這是拜他為祖師爺的原因？

第三種說法，馬援的名字，援，當鋪成立的宗旨不就援助急需得到錢紓解眼下困難的人。

爸輕描淡寫注明他的看法：

列祖列宗相信當鋪業以馬援為祖師爺是因為他樂於助人。每日開店前上一炷香，切記不可趁人之危，我們該解人之危。

拜祖師爺，開當鋪要拜祖師爺，開冰店拜誰？

可是祖師爺在哪裡？

回到現在

他們翻遍店內各角落，只找到一尊以布袋套住，高約十公分的金屬製佛像，認不出哪位菩薩，先拜再說。

「有拜有保庇。」羅曼用師公的口吻說。

金屬菩薩長得不像菩薩，穿破爛僧服，依稀看得出胸前肋骨，瘦成皮包骨，細耳脖子往前伸，像正在嘶喊。

「這仙是菩薩？」小傑對佛教菩薩和道教神明不熟悉。

「先拜再說。」

拜完，將佛像裝回布袋，兩人鎖了店門離去。

「我回家睡。」

「不行，老仔講七八遍，你媽回來領你之前，他是臨時監護人，你得睡我家，不然你被社會局的人帶走，住進孤兒院。」

「你不是怕我帶——」

「你說那個字看看。」

8

小傑覺得住在羅曼家也不錯，里長婆羅媽媽愛料理，每天吃的不一樣，晚上為兒子和小傑準備廣東油條粥當宵夜。

「你們還在發育期，吃多也不胖。」

她樂觀，沒看過豬怎麼養成的。

晚上不能喝酒了，被里長發現，他搜出所有的酒帶回臥房藏進床下，

「未成年喝酒，里民要是知道，下次還投不投我。七十七號蔡家女兒明年要和我競爭，欸，我看她長大，買多少糖果、娃娃給她，長大了居然想幹掉我，里長真那麼好

賺。現在的年輕人啊。」

「她社會學博士。」

「當里長要博士學歷？不去大學教書，不去選市議員，里長還要常辦卡拉ＯＫ比賽，一年不帶里民旅行一次馬上被投訴。」

「爸，你怕咧。」

「怕？生兩個兒子不如蔡家一個女兒。」

小傑吞下最後一口粥，

「爭取市政府補助清理下水道，全里消毒消滅蟑螂和蚊子，里長不拚學歷拚服務。」

餐桌忽然沒有聲音，里長、里長婆、羅曼都瞪大眼。小傑驚得停下筷子，他怎麼又說出不像自己講的話？

「聽到沒，兒子，聽到你同學講什麼，趕快長大追上他。」

里長舉起酒杯敬小傑：

「說的好。你爸在乎傳統，你祖父死後你爸接手當鋪，找我和宮廟老黃問過拜祖師爺的規矩，當鋪當然有祖師爺神像，我兒子講你們找不到，用心找，不要只靠眼睛。」

他哼著伍佰的歌進臥房，留下一臉茫然的小傑。

腦中事情太多很難睡著，小傑不知不覺嘆一口氣。

「叫我幹麼？半夜別再弄我好不好。」

小傑睜開眼，羅曼臉孔倒吊眼前。

「做噩夢？明天叫我師父給你喝幾斤香灰。」

羅曼跳下上鋪，

「被你吵醒，說吧，夢到什麼？」

「你不會想知道。」

「說。」

「夢到一個女孩站在湖邊，周圍全是霧，女孩像飄在湖面。」

「不要怪我沒警告你，小傑，你非得提那個字。」

「不，只是夢到，女孩不一定是那個字，搞不好是美女。」

「講講看。」

「她轉過臉看我，慢動作，拉出很多殘影，很多張臉孔疊在一起。」

「還有呢？」

「聞到香味，花的香味，有點濃，有點想打噴嚏。」

「幾歲？」

「看不出來。」

「這個世界不公平不人道。我明年滿十八歲，山道有名聲，竟然沒女朋友。」

「悲哀。學校女生那麼多，隨便追也好。」

「你覺得小月怎麼樣？」

「不行，她和志明逗陣。」

「志明？」

「阿三還不知道，他喜歡小月，還沒開始就失戀了。」

羅曼不說話回到上鋪，安靜很久聽到他咬牙切齒喊「幹」。

羅曼也失戀了。

十七歲，混亂灰暗歲月。

9

找祖師爺。小傑未去學校，進店吸塵、擦抹，阿爸以前說過，一家店要是長蜘蛛網，客人不進來，生意做不長久。開餐廳見到蟑螂非打死不可，開當鋪，不能容忍一隻蜘蛛。

阿三的律師大姊打當鋪的市話，提出幾個問題：

當鋪變更負責人，小傑未成年，負責人由誰出任？

如果小傑跟媽媽去日本，台灣的家和當鋪出售或交人代管，請做決定。

繼承資產的同時也得繼承負債，帳面上看不出，為小傑日後避開官司，最好再清查一次。

大姊語重心長：

「當鋪的帳除了交會計師認證之外，大多另有一本私帳，裡面記逃稅避稅的金額，你找出來，萬一另有負債，得好好考慮是否繼承。」

「另有負債？」

「鄭記當鋪近三年的收支勉強打平，主要收入不是利息，是出售流當品。我昨天留意，看不到你們家的當鋪存貨清單，就是到底有多少流當品值多少錢，才能做資產負債表。如果無流當品可拍賣，你爸維持當鋪到今天，可能向外面舉債。我會查銀行貸款，你找家裡有沒有本票存根。」

懂了，他在繼承之前，得查清爸的店內所有資產，免得剛當老闆就背負幾百萬債務。

整個下午翻箱倒櫃，爸的另一本帳冊和祖師爺到底藏哪裡？當鋪說不定設計隔牆、密室什麼的。按照房地契資料，得到隔壁阿嬤同意看她家內部以便畫出當鋪格局，四十五年前蓋的連棟式四層樓公寓應該相同格局。

隔壁阿嬤一個人住，本來去跟女兒住過幾個月，覺得不自由，寧可一個人守著舊公寓，里長每星期兜去一次吃她煮的紅豆湯，大概怕她生病什麼的。阿爸叫他幫阿嬤去藥局拿過慢性處方箋的藥，好幾袋。

她家靠大門的三分之一為客廳，中間隔成兩間，最後面連結陽臺的做為廚房和衛浴間，堆滿雜物，看來阿嬤懶得收拾，寧可沙發當做衣櫥，自己坐躺椅。

回到當鋪，比較阿嬤家，祖父買下這間房子更改了內部格局，前面三分之二是店面，後面為狹長型櫃檯，以櫃檯、鐵柵欄與前面分開，最後面不設廚房，當做廁所和窄窄的茶水間。

當鋪的保管箱呢？記憶中沒有保管箱，爸不會窮到連保管箱也不買吧。

重看房地契，漏了一項，再去麻煩阿嬤。公寓一樓設置地下室，當年為了防老共空襲，防空洞概念下加添的公設，長年來頂樓加蓋成為四樓專用，地下室則成為一樓私用。

阿嬤家的地下室當成儲藏間，霉味和潮溼味撲鼻而來。大小與一樓差不多，比較低，兩公尺多，加上沒有窗戶，空氣無法流通，小傑覺得呼吸困難，趕緊逃回一樓。

鄰居有地下室，當鋪當然也有。從來不知道當鋪有地下室！

—— ** ——

「找地下室？酷。」羅曼忘記昨晚流動於偉士牌的殘影。「看隔壁家地下室的門在哪裡，就找到當鋪神祕的地下室入口。」

隔壁地下室入口設在東邊靠牆處，水泥樓梯往下，樓梯底端一扇門。當鋪東邊靠牆沒有樓梯，即使有也被偉士牌壓住。

「把屏風移開，騎走偉士牌，門在下面。」

不會，祖父不至於笨到不利用地下室，自然不可能在樓梯口設置重物。記憶所及，偉士牌位置從未更動，相信房子格局改過，樓梯口隨著改了。

櫃檯後面鋪地磚，每塊黏得結實。櫃檯釘死於地面，下面不可能有門！

往裡面走，當鋪的茶水間幾乎沒用，太小，堆積雜物而已。爸利用櫃檯尾端設置插座，擺電壺，方便泡茶和泡麵，另一個小烤箱，他愛吃吐司抹牛油，所以茶水間原本多餘。

「剩下這裡，」小傑看著茶水間，「幫我搬。」

沒幾樣東西，搬貨用的折疊式推車、裝衛生紙的紙箱、拖地的好神拖、掃帚與畚箕、吸塵器、多年不用的秤。

「地下室在下面？」羅曼跺地板。

最外面的地面是老式磨石子，櫃檯後面為地磚，茶水間貼塑膠皮地板，貼得不太完美，靠牆的地方稍微突起。

「等等。」

小傑想到櫃檯抽屜內有件不明用途的鐵器，長得像鉤子，帶圓形握把。

鉤子勾住貼皮地板角落突起的破洞，不必太用力，人往後退，塑膠皮隨之揭起，原來沒黏住水泥地面，只是鋪上去而已。下面的水泥被敲出一公尺平方的洞，以條狀木頭釘成的板子蓋住，板子上有孔，同樣鉤子勾住，拉起門板。

羅曼往下衝，被小傑攔住。

「說不定很久沒人下去，先換氣，免得吸太多沼氣頭昏。」

「沼氣？你家當鋪是怎樣，地下室當軍火庫？」

透了十幾分鐘氣，小傑也忍不住，拿出掛廁所內的手電筒，

「我先下去開燈。」

「眾生平安先。」羅曼裝模作樣拿出一張符咒唸得搖頭晃腦，「赫赫陽陽，日出東方，遇咒則退，遇咒當隱，吾奉北帝，立斬不祥，一切鬼怪，皆離吾榜。何物敢擋，唯吾獨強。」

燒掉符咒，還好舊公寓沒裝煙霧偵測警報器。

「我師父給的，昨天晚上不是偉士牌出現怪影，他叫我一來就唸咒燒符驅邪，北極大帝的符咒，差點忘記。」

「黃阿伯還說什麼？」

「他說鏡子。」

「鏡子？」

羅曼指面對地下室入口牆壁上的八角形鏡子，臉貼到鏡子前，

「家在，以為看不到我的帥臉。師父有交代，有些東西眼睛看不到，鏡子看得到。」

「意思是？」

「鏡子看不到的，我們轉頭就跑，一生一世不回頭。」

往下踏出第一步，小傑覺得頭有點昏，眼前黑暗的空氣波浪狀飄浮，有些濃烈的氣味令他喘不過氣，腦子一陣暈眩。

哪種香氣？桂花香？阿三大姊的話響在耳邊。爸在地下室種桂花？

勉強站定腳步，往下踏第二步，眼前飄浮感更強，味道濃到嗆人的地步。他叫了一聲：

「我頭昏。」

羅曼拉他上去，

「沒路用。磁場不對，我來。」

他學八家將邁外八字步伐往下走，口中唸不知什麼腔的詩句：

「杳杳冥冥，天地同生，散則成氣，聚則成形，五行之祖，六甲之精，兵隨日戰，時隨令行。急急如律令，吾來也。」

羅曼消失在黑暗中，很久才傳出帶著回音的顫抖聲：

「恁伯，讓我一個人下來。小傑，找不到開關啦。」

小傑一手摸牆一手握手電筒，再次步下樓梯，水泥砌的，沒貼樓梯板，水泥面粗糙，乾燥。地下室未淹水。

「你懂很多咒語？」

「天天唸，強迫記憶，沒想到一急自動唸出來，師父說我有慧根。」

羅曼站在黑暗中，手機光線不夠集中，看到的範圍有限。

「聞到什麼沒？」

沒得到回覆，小傑跟著走下樓梯，他看到開關，左手邊牆壁，手電筒光柱照著古老往上撥的黑色開關，依照經驗這是總開關，得用點氣力，撥出卡的聲音才算打開。卡！

小傑與羅曼很久沒出聲，沒說話，沒閉上張得能吞整片臉大雞排的嘴巴。

第二章

消失的探視者

藏在地下室的祕密

二〇二一年一月

同一地址，騎車彎進小巷子停在長照中心前，穿白袍的院長等在門口的停車格前，表情略微僵硬的笑容。

長照中心的一樓為兼具洗腎功能的內科診所，沒見到候診病人，倒是架設洗腎機器的十二張床躺了十二名病人。院長領他上二樓，記得每層樓各八張病床。每個月收費六萬元的安養院一人一間房，獨立衛浴設備，這間老人長期照顧中心和安養院不同，收容慢性病並有長期醫療服務需求的老人，每個月只收三萬，不講究隱私和居住空間，拉上簾子當隔間。

摳指甲的劉姓女看護站在最裡面的病床旁，一隻蒼白的手掉出被單，她很快將手塞了回去。

七十二歲祝老太太於下午一點半左右斷氣，中心立即通知一樓診所的醫師與派出所，姚巡官於一點五十六分抵達，醫師向他搖搖頭便離去，接下來由法醫和警察走法定程序。

祝老太太為癌末病患，哪種癌呢？院長解釋癌末已談不上哪種癌，惡性腫瘤擴散至許多部位，如果一定追究哪種癌，只能說最初她因乳癌開刀，兩年後的檢查發現復發且擴散，不過死亡原因仍待法醫勘驗，幾種可能，癌細胞壓迫呼吸道，病人無法呼吸窒息身亡；長期罹病免疫力減退感染其他致命疾病，例如新冠肺炎導致突發性心臟病。

最先發現老太太斷氣的是劉姓女看護，她負責二樓八張病床，中午忙完病人，她到樓梯間的休息室吃午餐，離開大約半個小時，一點半回病房，祝老太太已無呼吸。

「她這幾天心情好，還要我叫 Uber。」

「Uber？」

「今天中午她吃餛飩麵。」

「溫州大餛飩，台式小餛飩？」

看護無助地看向院長。

「小餛飩吧。」院長遞來外賣用的圓形紙碗，「沒吃完。」

碗內剩下一小口麵與一顆小餛飩。姚巡官馬上想到小時候母親包的餛飩，一手麵皮，另一手的筷子夾了肉餡往皮中央一抹，一分鐘能做十幾顆。

因吃小餛飩噎到造成呼吸中止？

「妳是長照中心聘用的看護還是病人家屬雇的？」

「我們中心的。」院長代為答覆。

「幾個月前是另一位看護，胖胖的。」

「走了，人家高價請去當家庭看護，疫情期間大家搶看護。」

姚巡官沒接話，新聞報導外籍看護已從菲律賓的、印尼的、越南的，延伸為引起討論的印度的。

「老太太平常怎麼樣？」

看護扭捏地又看向院長，這次院長不想說話，兩眼看天花板。大白天室內卻昏暗，光線被隔壁新建大樓遮掉，還有一個原因，頂燈僅開三分之一，省電？午睡時間？

「平常就平常啊，她每星期一三五上午到一樓洗腎，有時下床散步，從這裡走到那裡。」病房內散步，來回一趟估計五十多步。

「家屬呢？」

「沒看過。」

院長放下視線，不能不由他回答了。

「她兒子。」

「通知了嗎？」

「通知了，在美國。」

「什麼時候回來？」

「疫情回不來，他住在美國，請我們代辦後事，靈骨塔早買好。」

「只一個兒子？」

「一個兒子，兩年前送祝太太到我們這裡，她有月退俸，銀行每月自動轉帳，靈骨塔她買好，聽她說和先生一起買的，她先生五年前過世。」

姚巡官填進死亡時間，一點三十分，死亡原因得等法醫確定。

——**——

來的是蓬頭垢面的鬲法醫，姚巡官懷疑他是不是吃睡都在相驗中心，否則每次見面都剛睡醒樣子，全身散發消毒藥水氣味。

法醫掰開死者嘴巴，

「沒噎到。」

和姚巡官想的一樣。

「窒息死亡。」法醫輕拍死者臉孔，「臉色發青。」

也和姚巡官想的一樣。

「確定死亡，請家屬節哀。」

姚巡官情不自禁看看周圍，明明沒有家屬。

「家屬沒到？」法醫也發現了。

「你是派出所的人，我見過你？」法醫認出姚巡官的制服，「叫車送相驗中心，窒息死亡需要驗屍。」

「驗屍？通知市刑大嗎？」

「還不用，要是她溺水，家屬也沒意見，我可以馬上簽死亡證明。這裡沒游泳池對不對，她能自己閉氣閉到死亡？」

口氣很衝，不滿意警察用問號對待法醫的專業。

「咼法醫說了算。」

「家屬呢？」

「她兒子住美國。」他替院長回答。

「通知馬上回來。」

院長看姚巡官，所以他得再回答。

「回派出所就通知。」

院長補充了一句：

「通知她兒子的台北律師就可以，她兒子說的。」

律師能代理的事情真多。

——＊＊——

制服警察不能在公共場合抽菸，不確定能不能幫人點菸，他替咼法醫點了，趕緊收起打火機。

「記得你姓姚。」

「咼法醫記性好。」

「記性不好就得住進去了。」蒸頭指向長照中心。

「法醫看祝老太太怎麼樣？」

「你問要不要通知市刑大，通知吧。」

「喔？」

「她右手中指的指甲裂開，抓床單抓的。」

想到掉出被單的一隻手，右手還是左手，他轉轉身子舉起右手再舉左手，是左手。

「抓到指甲裂開？」

「死前掙扎，另外年紀大，指甲少了韌性。」

「有人悶死她？」

「餛飩麵是可能死因之一，餛飩容易噎到，特別是小餛飩，一吸就吸進去，吸進氣管，手抬不起來呼救，用力抓床單。」

「呃。」

咼法醫踩熄蒸蒂，

「吃過午飯了？想吃餛飩麵嗎？」

——＊＊——

他回長照中心，洗腎病患剩下四人，兩名消防員抬祝老太太遺體出電梯，二樓的看護正收拾空下來的床。

「她這幾天心情好？特別好，普通好？」

「她唱歌。」

「唱歌？」

「交到新朋友。我們這裡的老先生、老太太很少說話機會，身體不好，心情不好，院長老是勸家屬多來探視。」

「新朋友是同一病房的？」

「不是。上星期二我當夜班，十二點多早關燈就寢，她床前站一個黑影，祝阿嬤笑得好開心。」

「這麼晚親戚朋友來探視祝老太太？」

「我走近，人不見了。」

「問過她嗎？」

「我問剛剛妳跟誰說話，她說一個朋友。我問妳朋友呢？她說回去了。」

「不見了？怎麼不見？」

「一下子就不見，以為我眼花。」

「後來再見過這個人？」

「昨天傍晚我早來接班，穿白衣服的人坐她床邊，也是有說有笑。」

「妳走近看了？男的女的？」

「看不清，又不見。我問中班的阿霞姊，她沒看見。我嚇死了，祝阿嬤叫我別怕，朋友而已。」

「朋友？」

「好像經常一起洗腎的朋友，聊天認識。」

「妳在一樓見過？」

「沒。」

「她朋友上來找她？」

「不知道。祝老太太住進來那天起，我印象裡從沒人探視過她。」

「所以今天她心情好到叫 Uber 送餛飩麵？」

「前兩天叫漢堡，上星期叫蚵仔麵線和炒米粉。我們這裡的飯菜不是很好吃，講究營養，口味淡。」

「Uber 送到二樓？」

「一樓，我幫她拿上去，不然怎麼知道她叫什麼吃的。」

「今天上午呢？」

「收拾東西。」

「東西呢？」

看護手腳快，祝老太太的衣物和床頭櫃裡的東西已收進拉桿小行李箱。

「都在裡面？」

「對。」

「收好，下午我拿證物收據來帶走。」

——＊＊——

下樓他進看護和護理師休息室，裡面十五個螢幕，他問護理師如何操作，護理師怕他破壞機器主動幫他找。上星期二夜晚的畫面。

果然一個人影站在祝老太太床邊，片子像被剪斷重接，影像閃動，平穩後出現的是看護的背影，可疑的人影消失了。

昨天下午，戴棒球帽穿白衣的人坐祝老太太床邊，老太太交給白衣人什麼東西，又是一陣閃動，白衣人不見，僅看到綠色制服的看護。

想回去再問看護，手機震動，派出所傳來訊息，於是他透過玻璃窗看洗腎室，仍是四位病人。他敲了院長室門，院長不在，他對護理師說：

「準備一份洗腎病人名單，我下午來拿。監視器所有錄影不要洗掉，說不定是證物。」

不等市刑大的人了，他得回派出所開會。新任所長愛開會，和KTV群毆案有關，一名傷者的舅舅是市議員，這是他寧可掛二線一星當資深巡官的原因。開會討論如何處理鬥毆案？不是依法辦理就好麼。

二〇二三年六月

1

打開總開關，踏進地下室，他們停在未裝樓梯板的水泥臺階發愣。

「太扯。」羅曼出聲了。

「超級。」小傑跟著。

「不可能。」羅曼提高音量。

「完全。」小傑表示同意。

「你爸沒說過？」

「沒。」

「我們眼花？」

「說不定。」

「現在回去一樓還來得及。」

「先不要。」

「我也不想，可是實在太扯。」

「怎麼辦？」

「對牆角尿尿，聽說這樣就恢復正常。童子尿破邪魔，小傑，你在室？」

「在家啦。你尿哪一邊？」

眼前是五排南北向的櫃子，和圖書館用的金屬書架相同，差在沒有調整往前往後的圓形進退輪，屋頂四排桶燈全開，亮到刺眼地步。每排櫃子嵌入有門有蓋大小不一的抽屜或木箱，一排櫃子大約幾十個或上百的抽屜，頗類似銀行保管箱。室內看不到空調、除溼機，卻毫不潮溼，沒有隔壁阿嬤家的壁癌，倒是不知哪裡傳出濃烈香氣，羅曼打個大噴嚏。

櫃子內的抽屜均設鎖，拉了拉，打不開。小傑記得爸留下的電腦檔案沒寫鑰匙放哪裡，提也未提鑰匙，甚至沒提當鋪有間地下室。

「找到了。」羅曼喊。

穿古時候將軍服的神像安穩坐於中間一行尾端的小神桌，漆大部分脫落，露出木頭紋路，面前香爐插滿香腳。

「祖師爺。」羅曼說。

小傑沒回應，掉頭奔上一樓，不久帶回來一包香和一把捲尺。

「拜祖師爺。」羅曼唸：「祖師爺在上，鄭記當鋪即日起更換老闆，由鄭傑生接任。鄭傑生上香，一叩首，再叩首，三叩首。請祖師爺保佑鄭記當鋪生意興隆，早日發大財，到時另備三牲感謝祖師爺庇佑。」

最後一句不尊重神明，不發大財就不感謝嗎，過於市儈。

「還沒決定繼承當鋪，被你說得——幫我拉尺。」

「幹麼？這是什麼尺，寫一大堆亂七八糟狗屁字，」他拉出尺，「六合、迎福、退財、公事，有病，這種尺能算命？」

「魯班尺。哈比人，你幾公分？」

「一六六，怎樣，比躺下來誰高卡實在。」

小傑搶過尺拉出一百六十六公分，

「一六六公分，等於五尺四，上面寫進寶，你人生旺到老。再矮一點，一六五的話你馬上就結婚了。看，上面寫喜事，紅字。」

「我為什麼變成一六五？」

「沒人相信你一六五，你最多一六四，」小傑再看尺，「一六三，黑字，災至，趕快請黃阿伯幫你改運，不然天天跳繩喝牛奶，多長一公分。」

「小傑，講嚴肅的，生死一線之間而已。還有，魯班混哪裡的？」

「你留在一六六好了。」

「魯班腦袋壞掉。誰是魯班？」

「公輸班，春秋時代魯國人，和孔子同鄉，木匠的祖師爺，以前攻城用的雲梯和木匠用的鋸子他發明的。」

「他發明這種尺做什麼，歧視我們營養集中大腦的人，叫他來我請他喝茶。你呢？」

「一八三，六尺，登科，哇賽，我明年進國立大學。」

「真的假的？」

「魯班尺只用在建築物，設計師的寶貝，不信你回家量量看，保證長寬高一律紅字，不然叫你爸去揍設計師。」

小傑起身拉捲尺往四面牆壁量長度。

「怎樣？」

「這面牆長十二尺八寸，魯班尺上面註記，財。寬十四尺，財至，登科。可以想像我祖父買這間公寓整地下室費過一番考量。可是地下室長寬明明和一樓一樣，為什麼感覺大多了？」

「老百姓的錯覺。」羅曼自以為是地點頭。「以為排氣管聲音大，車就大。」

「不是錯覺。如果看上去比樓上大一點——大一半好了，可以說錯覺，你仔細看，根本比樓上大三、四倍，絕對可以打籃球，全場，搞不好還能灌籃，你認為我錯覺？」

「靠，又來。」羅曼小步移到樓梯口，「大三、四倍？騙我們眼睛不好是不是。」

「聽過陰宅沒？」

「我師父說過，那是夜總會，不要亂講。」

「平常墓仔埔看起來很小，死人住裡面可以隔出三房兩廳雙衛加前後陽臺，空間感和我們活人不一樣。」

「我意思到了，警告很多次，你有你的世界，我有我的，他們有他們的，活人怎麼樣，吃飯比人家大碗。」

「這麼大，恐怕一百多坪，那不是占用了隔壁三號阿嬤、隔隔壁五號欽叔的地下室，再占用下一排公寓至少三戶地下室，他們從來不知道？」

「大家沒用地下室，你阿公裝潢房子叫工人偷偷挖過去。」

「我看過隔壁阿嬤地下室，明明塞滿東西。」

「那——」

「侵占隔壁和後面鄰居地下室的靈魂。羅曼，你是師公黃阿伯的徒弟，我這樣說對嗎？」

「不會吧，空間沒靈魂，空間只有——」

「平行宇宙。」

兩人對著五排櫃子發呆。

「上去喝咖啡。」

小傑被羅曼拉上去，兩人沉悶地燒水，沖三合一咖啡，羅曼再往他杯子裡加了兩大匙白糖。

他們喘著氣喝咖啡。

「不要告訴別人，祕密。」

「告訴誰？大家不把我當白痴才怪。」

「地下室是幻覺。」

羅曼看著茶水間被掀起的塑膠地板，

「不是幻覺，是你家當鋪侵占別人家的違章建築。」

一語驚醒小傑，對，八代遺傳的當鋪，流當品一定多到溢出店門，原來收藏在地下室。

「以前千歲宮的大師公對小朋友講過一個故事。」

「大師公就是黃阿伯，小朋友是你。」

「別打岔。大師公說以前有個老百姓夢到死掉的父母——」

「過世的父母。」

「尊重講話的人，OK？他父母在那個人，就是他們兒子的夢裡，哭訴到了陰間沒錢用，又冷又餓快活不下去——」

「快死不下去。」

「那個老百姓問父母怎麼辦，父母叫他向一個姓楊姓許忘記姓什麼的人借。天亮他跑去父母說的地址，找到姓楊姓許忘記姓什麼的家，結果是名乞丐，想說要向乞丐借錢？乞丐不向他借就不錯了。不過父母既然這麼說，他聽話開口借。乞丐答應借兩箱白銀，老百姓在借條上蓋了手印。

「好像聽過。」

「別吵。當天晚上父母又進入兒子夢裡，笑嘻嘻說有錢了，他們買房子買家具買活著買不起的ＡＩ按摩椅，過得很舒服，提醒兒子記得還錢，否則利滾利，到時還不起。兒子懂，努力存錢，送兩箱真的白銀給乞丐。」

「結果呢？」

「你不是好像聽過？」

「忘記了。」

「忘記？你家祖傳當鋪，不肖子孫居然記憶力差到斃。」

「說不說？」

「原來乞丐很信死後世界那套，討到錢吃飯之外，買紙錢燒給自己，在陰間存了很多銀子。」

「羅曼，說重點。」

「重點是，**你們家向別人借空間，付房租沒？**」

「我爸沒說。」

「去查，難怪你家沒錢，房租大概很貴。喂，這種空間都是那個字的，不能欠，沒人跟你聯盟，人生是現實的。」

小傑看著對面臉色蒼白的羅曼，

「哪個字？」

「你知道哪個字，不・能・說・的・字。」

「再下去偵察。」

「不要吧，明天白天去。」

「我們這附近房租十坪一萬元，租一百多坪每月十幾萬。」

「說不定你爸偷空間，現在閻羅王正和他算積欠的房租。」

「不好笑。」

這次他們走很慢，小傑領頭，地下室內沒有變化，可能打開門，空氣進去，吹動吊於水泥屋頂的桶燈，投下的燈影時不時輕微搖晃。祖師爺前的香快燒完，五排長櫃子像兵馬俑冷著臉孔站著。

「怎麼辦？」

「鑰匙，沒有鑰匙打不開櫃子，我們發不了財。」

小傑看著羅曼：

「想到發財你就不怕了？萬一打開櫃子裡面全是金塊金條——」

「金磚。」

「我們發財了，睡在金磚上，第二天早上發現身體下面全是樹葉，原來櫃子裡藏的全是狐狸的寶藏。」

「小傑，不要掃興，不要掃窮人的興，我們窮人也有自尊心。」羅曼張大老鼠找起司的眼神，「鑰匙，沒鑰匙就死了。」

這麼多櫃子，幾百把鑰匙是什麼概念？一抽屜？一箱？一整個煮拉麵湯頭用的大鍋子？

想到！

「梯子。」

伸縮式鋁梯靠在東邊牆角，兩人一頭一尾搬梯子上去。

「拿鑰匙為什麼搬梯子？」

「因為——」

回到一樓，小傑抬頭看屋頂，羅曼跟著抬頭，垂下的金屬飾物原來用鑰匙串成，不同形狀，有的手掌長度，看上去像生鏽，有的細巧，外觀接近女生耳環。沒按大小分類而是混在一起，落在地面與牆壁的影子如幾何圖形。

「每次開櫃子你爸要搬梯子拿鑰匙，他不去 Gym，店裡自助練身體。你爸是發明家，當愛迪生啦。」

「太多，隨便挑幾把試試看。」
「大支的。」
「為什麼？」
「大櫃子放得進金磚，笨！」

——**——

小傑手握三把鑰匙看著五列漫長的櫃子，一個抽屜一個抽屜試開到天亮？幸好鑰匙上寫了字：戊柒。
「你爸為什麼把鑰匙掛在屋頂？」
甲乙丙丁戊，最西邊那排。
「怕被偷喔，老百姓也有聰明的，小偷想不到鑰匙在上面，大家低頭找錢，沒人抬頭找錢，上面有天堂，下面只有白目。神經病，用電鑽鑽開不是比找鑰匙更快，你爸屬猴子愛爬梯子？」
「我有點想扁你。」
一二三四五六七，寫柒的鑰匙孔，伸進鑰匙，卡答，開了。
小傑看羅曼，羅曼看小傑，小傑伸手進長方形的小櫃子內，摸到邊緣捲曲的書，慢慢拿出來，

「古書。」羅曼搶去看。

「寫什麼？」羅曼翻了翻還給小傑。

「家譜，第一頁是洪武十七年。」

「洪武？」

「明太祖年號，十四世紀。」

「你歷史好，直升台大歷史研究所。」

「最後一頁永曆十五年，一六六一年，明朝最後一任皇帝，緬甸國王抓住他送給清兵，在昆明被弓弦絞死。」

「台大歷史系博士，月薪三萬二。詐騙集團的董事長愛雇歷史系畢業的天才，天天陪他講古當娛樂，比唱KTV爽。」

「明白了，這家人從明朝初年記載家譜，記了三百年，我猜最後一名家長和家人分離逃到台灣，身上沒錢，不如把家譜交給當鋪換銀子吃飯，當票寄回老家，希望後代贖回，了解家族史。」

「誰想了解家族史，能分到三百年前忘記分給我的遺產？你家八代了不起，遺產留給你，拜託，我連曾祖父是誰都不知道。你我不是同款進不了台大，念間不知哪天消失的大學，畢業等於失業，開 Uber 天不亮送人去機場，準備以後一生一世存錢買房子。喂，家譜值錢嗎？」

「送故宮博物院，院長覺得明朝的家譜太遜了，帶我進倉庫參觀，他們有宋朝的、唐朝的，讓我慚愧。」

「不必慚愧，江湖人在走，不走停在那裡等日出的叫紅綠燈。重點在拿去拍賣能賣多少？」

「二手書店一本賣十元，拍賣的話，說不定這本家譜的後代是郭董、張董，肯付幾千萬。」

「碰運氣，我呷意，明天拿去碗糕拍賣公司，賺的錢我分三分之一。」

小傑沒理會，伸手再進櫃子，摸出一塊竹片，前後看了幾遍，

「這是當票存根。」

「寫什麼？」

「永曆十六年押給我祖先，年利息一兩黃金。」

「一兩黃金等於八萬元。」羅曼轉轉眼珠。

「你數學沒及格過，怎麼知道？」

「別管。一年一兩黃金，從永曆到現在多少年？」

「三百六十年，你用四百年算好了。」

「四百年乘八萬元，哇哩咧，三千兩百萬元。你們黑心當鋪利息都算複利，靠，複利怎麼算？總之，恭喜鄭同學，我們發了。」

「對不起，以前看不起你的數學。」

「高手在民間，謙虛。我爸說的。三千兩百萬元是利息，本金多少？」

小傑再看竹片，

「黃金十兩。」

「算了，小錢，做人謙卑，不必趕盡殺絕。」

「沒用，要有人贖回才會付利息，三百六十年了，子孫不知在哪裡，誰會來贖？」

「說不定先生，樂觀，我們現在坐在金山上面，馬上數金條數到兩眼脫窗，肩膀脫臼。」

竹牌背面另寫了一行字：至贖回為止。

「至贖回為止是什麼意思？」

「我爸沒教我。猜想是活當到彗星撞地球。」

「五十分以下連補考也不行，死當。」

「永遠可以贖回的意思。」

「過四百年也沒人贖，不賣掉還占空間，難怪老百姓永遠窮困。」

「做生意講信用。」

小傑把竹片和家譜放回櫃子，拿起第二把鑰匙，乙拾參。

第二排第十三號櫃子，紅綢布包成長方形。

「不會吧，梳子。」

小傑拿起梳子在燈光下看，

「玉做的。」

「你學過玉石鑑定？」

小傑看著梳子忽然直覺說出「玉做的」，他亂猜？

「不好用，梳子的齒那麼粗，我的髮質細，梳了等於沒梳。」羅曼梳了兩下的評語。

「梳子也可以當裝飾品，古代女人插在頭髮上，好看又代表家裡有錢。永曆三十七年，十年期。那年清軍攻占台灣，兵荒馬亂，當掉梳子換錢買糧食。」

「十年期，死當，沒來贖回，已經算我們的，可以賣多少錢？」

「難說，很多玉製品用作陪葬，不容易出手。」

羅曼不說話了，老鼠找貓的眼神，看前看後看到屋頂，

「愛說那個字？愛被人踹破卵蛋？玉做的梳子不管誰用還是梳子。」

「如果不是那個字，我沒辦法解釋。」

「結果你家地下室滿滿寶物，沒一樣能換錢。」

「我哪曉得。」

拿起第三把鑰匙正要看號碼，鈴聲響起，兩人嚇得脖子快扭斷。

「什麼聲音？」

又一長串鈴聲。
「門鈴。」
「誰找你？」
「大概你爸叫我們回去睡覺。」
「很晚咧。」
兩人上樓，羅曼躲在櫃檯的鐵柵欄後面，
「你去開門，要是那個字，你帶那把寶劍去，記住刺心臟再砍掉頭，刺吸血鬼殺妖魔那樣，讓他們永世不得投胎。唸阿彌陀佛。」
小傑沒問道教師公的徒弟為什麼叫朋友唸佛教的佛號。
拉開大門，一陣冷冽狂風吹得小傑不能不遮住臉往後退，掛在屋頂的鑰匙發出叮噹聲。好不容易穩住腳步，小傑抓著門望外面，一片漆黑，零星燈光時亮時滅，夏天的夜晚居然沒有月光，天空也暗得像快下雨。風吹到他臉孔，打從腳底冷起的寒風，風裡飄著無法辨識的好幾個黑影。
「誰？」他發抖的聲音喊。
黑影沒回答，晃得更凶更快，他眨眨眼睛，黑影的色澤比黑夜濃，像幾團倒在黑紙上的墨汁水珠，帶著閃爍光點翻滾。冷風刮過，黑影擺動，是人還是街邊被風吹成一球的落葉？

「誰？」他再喊。

黑影愈飄愈近，忽然影子消失，風停止，巷子靜得令他想起月球的寧靜海，透過網路畫面看到的寧靜海。感覺世界凍結，連聲音一起凍結，從冰庫內取出中間凍結了幾個水泡的冰塊。有如冒在剛燒開水上面的蒸氣，幾年前台北大停電的夜空，聽得到沒有聲音的聲音。

本來對面公寓還有幾戶亮燈，不知何時起全關了，連路燈，連二十四小時一年三百六十五天不斷電的太陽能路標牌，也不見了。

回過神，黑影逼到他面前，仍看不清形體，扭曲，舞動，聞到陌生又複雜的氣味，雖不知什麼氣味，卻體會得出氣味的冰冷溫度。

想退開，想揮手打掉靠近鼻尖的氣味，不然他可以馬上退回店內關起門，可以扔下店跑去巷外的大街，他卻動不了，甚至眼神無法離開不停飄動的黑影。

從小聽老人家說過，遇到不能說的那個字有幾種處理方法，尿尿，他在夢裡試過，結果尿了床；心中唸佛號，他已經唸了好幾分鐘，未發生作用；閉上眼，隔一陣子再睜開，據說就再看不到那個字。他閉不上眼，連說服自己不看黑影也辦不到。想別的事，想暴力一點的，而此刻他腦中僅有眼前的黑影。忽然一股力量從肚子快速往上升，熱熱辣辣，他需要空氣，得喘息，他只能張開嘴大喊：

「找哪位？」

「他呢？」

刺骨寒風隨黑影說出的每個字射至小傑身上，彷彿一盆冰水傾頭而下，他劇烈顫抖的左手緊抓門框，颱風襲來，他恰好站在樓頂，看得出風的模樣，如快速運動中拉出上千上萬往同方向奔逐的巨人。

一下子風消失，留下極地溫度。

他？忽然想到躺成大字形的爸，來找爸的？

聲音既像出自一張嘴，又像來自好幾張嘴，阿三玩過的電子合成音樂那樣，好幾個人的歌聲併成一個檔，好幾個人同時對一支麥克風說同樣的兩個字。

「你們找我爸？」

「他呢？」

「認識我爸？」

「他。」

「誰？」

「他答應我。」不同的聲音疊在一起，最後的我聲拉得很長。

小傑鼓起勇氣：

「我們暫時停業。」

男人女人聲音混在一起：

「他。」

無數針刺進身體，小傑兩手亂揮，黑影變成很多泡泡。

「停業。」他喊。

逃回店內他重重關上木門。

不知什麼東西敲打門，再落到門口的石板，喀啦咚乓。

——**——

「誰？」櫃檯後探出一個頭，「誰？」

小傑渾身哆嗦，探出的頭是羅曼。

羅曼拿劍爬出櫃檯，

「外面是誰？你中猴嘍？」

「冷。」

說完小傑已支撐不住，順著門滑到磨石地面。

「死了，身體冰的。」羅曼縮回手。

「冷。」

「幹，恁伯最不會衝這三小，我去燒水。」

2

小傑喝了熱水，不知羅曼怎麼找到爸冬天用的電熱器，牆上溫度計顯示二十八度，可是他仍覺得冷，比一月寒流來襲更冷，一班大胖說的冷到小雞雞縮不見那樣的冷。

「大胖——」他顫抖地說。

「你毀了，深更半夜遇到那個字結果你想到大胖。」

羅曼兩隻手掌搓他背心，

「衰小，我腦神經被電到跑來陪你開店，你爸的店根本是那個字的房屋，那個字屋。喝咖啡好了，你家有沒有咖啡。」

羅曼找到爸留下的三合一袋裝咖啡，熱水倒進杯噴出一團蒸氣。

電鈴再響。

羅曼甩下熱水壺往櫃檯下面鑽。

「打死不開門。」

電鈴再響，羅曼抱起劍，小傑兩手抱胸。

輪到羅曼手機響，他嚇得失手掉落手機。

店外傳來蒼老聲音：

「羅曼，傑生。」

誰叫他們的名字？

「很熟。」小傑說。

「廢話，我師父，當然熟。」

「按電鈴的是黃阿伯？」

「我猜那個字裝成我師父聲音。」

黃阿伯由門鈴升級為喊叫再升級為幹譙了，

「死囡仔羅曼，不趕緊開門。」

「真的是我師父。」

當羅曼跑去開門，小傑突然覺得體溫上升，室內溫度快速提高，四肢不再抖動，他口渴。

——＊＊——

「我不進鄭記當鋪，」黃阿伯橫一條腿坐於店外的長板凳，「替你爸清理過當鋪，和我氣場不合，以後沒再進去過。」

本來為小傑泡的咖啡，羅曼轉去進奉他師父。

「黑影？會動的黑影，幾個人講同樣的字，聲音混一起，冷風，吹你身體像針刺，傑生，你大概撞到——」

「師父，要說只能說，那·個·字。」

「哪個字？」

「你知道那個半夜出來的，那·個·字。」

黃阿伯朝花盆啐了一口，

「我徒弟膽子這麼小，算了，明天起你不用來宮廟，回去吃自己。」

他瞇起眼看小傑，

「一般人不容易見到——」

「那個字。」羅曼搶著說。

「聽你形容，那些——」

「那個字。」

「找上你家當鋪問他呢？確定沒聽錯？」

「聽到好幾次，他呢。」

「來找你問，他呢，第一個問題。他是誰？第二個問題。找他的他們是誰？第三個問題。他們為什麼找你問那個他？」

黃阿伯左手五個指頭彈鋼琴般依序彈他七分棉褲下的小腿。

「你們家開當鋪，記得供奉了祖師爺，貼了我寫的符。」

「有。他們不敢進店。」羅曼這時不怕了。
黃阿伯摸摸小傑額頭：
「發冷？現在燙燙的，快，多喝水。」
小傑捧起水壺大口喝。
「你哪年生的？」
「跟我一樣，二〇〇六年。」
「出生日期和時辰呢？」
羅曼答不上了，小傑喘口氣說：
「國曆七月二十五日，凌晨零點。」
黃阿伯戴上老花眼鏡看手機，許久才說：
「農曆七月初一，零點？你？」
「我媽說的，因為醫師看了手錶直說奇怪。有什麼好奇怪？」
「因為農曆七月初一鬼門開，又是午夜零點。」黃阿伯發出長嘆。
「驚悚嗎？」羅曼伸長脖子，臉快貼到黃阿伯。
「沒你事，少插嘴。」
黃阿伯拉開嘴角，他的笑容一向接近驚悚。
「沒什麼，個性孤僻，頑固，可是遇到困難總有貴人相助。」

「小傑真的頑固。」

「別理羅曼，說穿了，你比較容易遇上——」

「那個字。」

「怎麼辦？」小傑第一次聽到他的生日竟和鬼門開同一天。

「也沒什麼，我回去查查，幫你補充陽氣。」

黃阿伯指門口石板：

「那是什麼？」

想起來，不久前大門被什麼物品砸中，原來是塊竹片，剖開的半片竹片。

黃阿伯看了看遞給羅曼：

「上面寫什麼，你唸。」

戊壹壹肆

破爛金飾乙件，典當一萬台幣

另加日後補當貳件，不加典當費，利息如故

阿德交代不得打開檢視

如其所說

辛丑年四月十一日

小傑搶過竹片，腦中閃過地下室保管箱裡的竹片，他明白了。

「這是我家當鋪的當票，另一半竹片。」

鄭記當鋪將一節竹子剖開，一半是交給顧客的當票，另一半留做存根，憑當票贖回典當品。

「原來如此。」小傑興奮地盯著竹片看。「我爸收到他老朋友典當的金飾，換一萬台幣，利息二．五％，一個月利息二百五十元，辛丑年是哪一年？」

「二〇二一年。」黃阿伯沒看手機。

「典當三個月，早超過了，死當。」小傑說。

「今天金價一錢八千，沒有四百年利息，你說那個破爛金飾有沒有五錢、八錢，反正夠請我吃一個月日本料理。」

「你為什麼懂金價？」黃阿伯敲羅曼頭殼。

「也沒什麼啦，我爸拿我和我哥歷年來的壓歲錢投資黃金，怕他把阿公阿嬤給我的恩情輸光，心情來的時候看看金價。」

「竹片是，」黃阿伯停頓一下，「那個字剛才留下的，新增第四個問題，他有當票，了解過了贖當期限贖不回來，把當票還你。另一可能，過了期限他贖不回金飾，不爽，嚇你吐口怨氣。」

「做那個字何必這樣嚇人。小傑，你爸為什麼收破爛金飾？」

「當鋪傳統，避免日後糾紛，不管典當什麼都加破爛二字。」

「如果我的機車當給你家的店——」

「破爛機車乙輛。」

「我紳士，這次不吐你槽，有些朋友根本不能當朋友。」

——＊＊——

黃阿伯臨走前交代他們回去睡覺，他得花點時間思考。

鎖上店門，兩人垂頭喪氣走回里長家，街道不時有汽車經過，小七店門聚了幾輛重機，習慣夜間活動的人牽狗出來散步。小傑摸T恤，黏黏的，脖子還有汗水，羅曼走在左邊碎碎唸，天空不但有月亮，還有星星，沒聞到香水，聞到夜晚的潮溼味而已。

宵夜擺在桌上，兩顆溫溫的筍包。

「那個字長什麼樣？」羅曼咬一口包子。

「不知。」

「會不會是女生？」

「不知。」

「不捶你，說你知的。」

「好幾團黑影，肥皂水吹的泡泡，黑的泡泡。聽到的好像夾了女人聲音。」

「讚，你進入想像期。然後？」

「心裡和身體變得冰涼，黑影把我看得很透，像小學暑假作業我爸我媽幫忙做的，怕被老師發現。」

「立刻跳到破滅期，小傑，跳太快。」

「奇怪，為什麼過期當票還來贖，如果來贖為什麼不明說，當票丟我家當鋪什麼意思。」

「不爽，你們家得罪那個字，叫我師父請天兵天將抓光那個字。」

吃完筍包，小傑喝一口豆漿，開店門的畫面清晰，空氣被凍得不會流動，幾團黑影飄浮在夜裡，時大時小。

「不只一個。」

「一個就夠多了，靠，你存心害我晚上睡不好。」

小傑掏出當票，

「這是我爸的字，原來他用竹片當當票，用毛筆寫字，難怪小時候被他逼著練書法。」

「你寫的不叫書法，ＯＫ？你寫的是亂塗。」

——＊＊——

晚上又夢到好幾個人從右邊空氣鑽出來，跑進左邊空氣，跑的速度慢多了——不是速度慢，慢動作。拉出的殘影更多，五個、七個，他們拉著殘影跑過小傑夢境。

小傑是冷靜的觀眾，看著夢裡輪流登場的變化，耐心等候，不久穿紅衣的女孩出現，跑，她也跳。看不清容貌，說不定不到學齡。甩動兩根辮子，跳著追空中不知蝴蝶或蜻蜓，拉出的殘影更多，一個疊一個久久不消失。

當畫面剩下沒有人影的空白，他走入夢境，兩手撫摸空氣想找出人影進出的縫隙，但什麼也沒摸到，他輕聲喊：

「羅曼，聞到沒？」

一股淡淡香味，和女生用的法國香水不一樣，單純某種花的香味，說不定某種草的氣味，沾了露水的草，清新的氣味。

尋著氣味，他走了很久，彷彿有人在後面追他。

「羅曼，你在哪裡？」

找不到羅曼，他只好繼續往前。穿過草叢，前面一個湖，眼熟，阿里山上那個湖，小傑想不起名字。他看見女孩站在湖邊，穿紅色衣服，一件式拖到腳的裙子，頭上綁條黑色的布，他揮手。女孩轉過臉，看不清楚臉孔，霧，是的，湖面上冒出一層飄擺不定的霧遮住女孩臉孔。

小傑剎住腳，湖邊的不是夢裡的女孩，穿同樣衣服罷了。立於湖邊是名成熟女人。霧太濃，他看得見紅裙若隱若現，卻追不到人，抓不到裙子。一股香味，花和青草、樹葉混在一起的香味，他看腳邊石子裡立著一株由翠綠葉片圍攏的白花，他聞到香味。

——＊＊——

彈起身，頭撞到上鋪木板，不過羅曼沒反應。爸走後，經常夢到這個情境，一天比一天豐富，這次看到女孩變為成熟女人。

夢到的是，那．個．字嗎？

3

早上沒見到羅曼，手機內留了他的訊息：

被我爸趕去上學。黃阿伯在千歲宮等你吃早飯，他一級龜毛，問你想吃什麼，選宮前的魚皮粥，千萬別吃另一家的蛋餅、蘿蔔糕。問你想喝什麼，別說豆漿，要貢丸湯。問你昨天晚上見到的那個字，說誇張一點，我師父不怕被嚇。

搞不清情況，他已經站在千歲宮前，黃阿伯對他笑得古怪的燦爛。小傑明白了，不是古怪，黃阿伯缺了好幾顆牙，笑時嘴往一邊歪。

「請你吃早飯，想吃什麼？」

小傑看宮前那排小店，爸以前常帶他吃的燒餅油條店去年底收攤，老闆年紀大，兒子阿漢功課好從小斜眼看人，進電子公司拿高薪不屑接燒餅店的班，鐵門貼了招租紙條。賣油飯的變成抓娃娃機店，彩券行的小姐染了頭髮，至少五種顏色。

「魚皮粥。」

黃阿伯拍他背心，可惜小傑長得高，不然黃阿伯一定搔他的頭髮。

「選得好。」

他們坐在小店門口，早上八點，陽光已然熾烈，魚皮粥飄浮一層熱氣。小傑看隔壁客人吃蛋餅和冰豆漿，很後悔。

「想喝什麼？」

「貢丸湯。」

「選得好。」

不按照羅曼的提醒，要是點蛋餅和豆漿的話呢？黃阿伯踢翻蛋餅店桌子，抓起七星劍對小傑下五百年不得轉世投胎的詛咒？

「早餐吃熱的，一世人無病痛。」

已經三十四度了。

「昨晚睡得好吧，做夢了。」

「是。」

「什麼夢？」

和粥與湯太熱有關，和照得頭皮發燙的陽光有關，和他做的夢太長以至於仍未清醒有關。

「好幾條人影拉長長殘影跑過去。」

「還有呢？」

「湖邊一個女人。」

「相貌。」

「一開始很年輕，後來變得成熟，頭上綁一條跑步運動用的汗巾。」

黃阿伯停下湯匙，將隨身保溫瓶放到桌上，替自己倒了杯茶，兩眼望著千歲宮飄出的煙。

「是不是這樣的汗巾？」

他抽出圍脖子的毛巾纏住額頭，兩根筷子當蠟燭插進毛巾，以為自己是日本漫畫裡面暴出兩根虎牙的厲鬼。

「不對。」

拔出筷子，舉起湯匙，圓的匙貼毛巾中央。

「有點像，她的頭髮飄在汗巾外面，風吹會動。」

黃阿伯向店家要了報紙和剪刀，剪出十幾片紙條塞進毛巾下緣。

「好像是。」

對著眼前的人發愣，小傑覺得黃阿伯長了劉海。

劉海參差不齊的黃阿伯回過神，

「她的下半身。」

「阿伯懷疑她是鬼？看到她的腳，鬼沒有腳。」

「誰說鬼沒腳，缺乏根據的話別信，快念大學的人，相信證據！」

「鬼有腳？」

「穿哪種鞋子，打赤腳？」

馬丁大夫和愛迪達不ＯＫ，羅曼的留言。

「紅色鞋子。」

「鞋頭鞋後跟裝ＬＥＤ彩色燈的小妹妹鞋子？」

「看不清楚。」

「嗯。昨天晚上你在當鋪遇到的，」黃阿伯想說那個字，沒說，「兩個？三個？很多個？」

「聽不出來，一個以上。」

「他們問，他呢？」

「對，阿伯，會不會找我爸？」

「為什麼想到你爸？」

「我剛接店，什麼也不懂，他們找我幹麼。」

「很好。你爸交代遺言沒？」

想到爸留在電腦裡的字。

「叫我要勇敢。」

「遺書？」

「沒。」

「死前說過要你注意的事？」

想了一下，

「就勇敢。」

未再追問，黃阿伯撐著桌面站起身，揣保溫瓶進口袋，

「慢慢吃，吃完到宮裡找我。」

「好。」

黃阿伯兩手背腰後，彎著腰，好像馱重物，腳前掌碰到地面，腳後跟才安心落地，證實踩穩了再拖動另一隻腳。

——**——

附近店家知道阿爸過世，蛋餅店老闆送來夾肉鬆的蛋餅，「我請客。你爸老顧客，好人呀。小傑，想吃就來。」

小傑感激地起身鞠躬。

魚皮粥店老闆娘跟著上來，「聽說你媽回來接你去日本？她和我老朋友，今天我請客。」

小傑再鞠躬，不過他抓起蛋餅得離開，黃阿伯的聲音從千歲宮傳來：「快中午還沒吃飽！」

——**——

千歲宮前廣場燒了一盆火，黃阿伯朝盆內撒紙錢，「拜，舉香繞火盆三圈。」

恭敬舉高香，小傑拜完繞著火盆走，黃阿伯嘴中唸咒，兩手將盆裡冒出的煙往他身體揮。

從正殿的千歲爺拜到偏殿文昌帝君和值年太歲，黃阿伯鋪出黃紙寫毛筆字，應該是畫符。

「這張貼當鋪大門後面，這張貼櫃檯。」

他畫第三張，

「如果他們再來，你開門前符咒貼內衣中間，胸部到腹部，外面穿另一件遮住。」

「他們會再來？」

「已經找上門，沒找到他們問的他呢，怎能不再來。」

「我該怎麼辦？」

「你爸說的，勇敢，只要他們是顧客，你是當鋪老闆，開門迎接客人。」

我不是當鋪老闆，還未決定要不要繼承。小傑仍然沒說出口。

4

手機一堆訊息，看樣子今天也很忙。

阿三大姊傳的，叮嚀小傑上午去戶政事務所辦爸的除籍，下午到社會局說明母親即將返台，希望這幾天仍由里長監護。找出家和店的房地契，傳影本到律師辦公室。

小傑不敢耽擱，阿三媽媽一再對別人說她大女兒做事比刀切豆腐更乾脆。

傍晚回到當鋪，羅曼提著飯盒坐門前長板凳等他。

「你不是怕那個字，還敢來。」

「說過，習慣。昨天錯過，今天不能遺憾。」

「如果那個字再來，你開門。」

「我和他們喇咧還是嘻哈？」

「穿紙尿褲。」

「小傑，我們在外面跑的明白一個道理，現在教你。我們曾經輸過，知道輸長什麼樣子，現在沒在怕。」

找鑰匙，昨晚撿到的當票寫著戊壹壹肆。

小傑不想把所有鑰匙剪下來，祖父釘上去自有道理，雖然不知什麼道理。他躺在磨石地板看垂吊的鑰匙。

「哈囉，先習慣用腦子，ＯＫ。昨天的戊柒在哪裡？」羅曼指著天花板。

櫃檯鐵柵欄正上方。

「第二把乙拾參？」

偉士牌上面。

「第三把呢？」

第三把戊貳拾捌，和戊柒很近。

「一定在戊貳拾捌最後面，我看就那裡。」

羅曼指他們頭頂。

搬梯子，羅曼扶住，小傑上去。果然很快找到戊壹壹肆。

他們拿鑰匙進地下室，拜了祖師爺，走到戊壹壹肆前。編號戊的這排櫃子抽屜很多，最後靠近樓梯的正是戊壹壹肆。

「誰開？」

「欽欽欽，鄭傑生，你是繼承人。」

「真正的師公不是該唸咒什麼的？」

「少煩，快開。」

小傑打開壹壹肆的鎖，拉開年代久而顏色深的長方木門，木頭氣味，猜是檜木，爸說爺爺愛用檜木。不知哪裡傳來另一股味道，花的香氣。

「聞到沒？」

「聞什麼？」

阿三大姊說當鋪內有桂花香味，這是桂花味道？應該是，阿三大姊有獵狗的鼻子，上次他們在樓下偷抽菸，隔兩層樓都被聞到。花的香氣從哪裡傳來？

「你拿我拿？」

「快點。」
「誰拿？」
「你是繼承人。」
「裡面的東西會不會被詛咒過？」
「今天廢話很多。」
小傑伸手進去摸，軟軟的小布袋。
手電筒照著紅絲綢袋子，羅曼要解開袋口的線，
「圓圓的，好像是戒指，另一個——」
小傑搶回袋子，但他另一隻手仍在抽屜裡，又摸到一樣東西。
小塑膠袋，裡面一張紙，寫了四組數字。
「威力彩還是怎樣？」
小傑認真研究數字，四組，各十個號碼，最前面兩個是1 9。
「出生年月日一共八個數字，後面兩字是時辰。生辰八字。」
「不會吧，小傑，誰把生辰八字押到當鋪，恁伯，我渾身雞皮疙瘩。」
裡面好像還有東西，當小傑又要伸手進去摸，有人敲門，穩定而連續的敲門聲，夾著風聲，喔咿喔咿。
「不要開門。」羅曼拉住小傑的手。

敲門聲再響，照舊穩定而連續。

「九聲，他們敲九次門，當鋪的門鈴壞了？」羅曼另一隻手扯住小傑褲子。

「九聲怎樣？」

「你沒聽出來，不是連續九聲，八聲再加一聲。」

小傑默唸，

「叩叩叩叩叩叩叩叩和叩叩叩叩叩叩叩叩，叩，我覺得差不多。」

敲門聲再響，這次間隔拉長，不過非常明顯，八下，停頓再一下。

「起先是叩，叩叩叩叩叩叩叩叩，後來是叩叩叩叩叩叩叩叩，叩。」

「有差嗎？」

「我師父說的，五那個字卦象，一八，八一。」

「那個字卦象？」

「我師仔說，五那·個·字就是伍陸瘟神，一八，八一，你一定要我剁你嗎？」

第三章

找不出殺人動機的謀殺案

不收利息 不收本金

二〇二一年四月

姚巡官不能不去一趟辛亥路的台北市相驗暨解剖中心，途中停在公館買了蔥油餅，雖然區區兩百元，多少帶了點討人喜歡的用意。並非存心，絕對有意，和昺法醫不熟，早聽說去看他的無論高階警官低階小警員，若不帶伴手禮進相驗中心，保證連水也喝不到。

二殯一如過去那麼熱鬧，一群人圍在火化場前的樓梯下抽菸，斜斜打來的陽光把人陰影化，成了冒煙的陰暗影子。相驗暨解剖中心在大樓後面，來往腳步匆忙的是葬儀社的人，像不知往哪裡去遊魂般的是送殯家屬。

「蔥油餅？可以。想喝非洲還是南美咖啡？」昺法醫的油臉映著落日金黃光線，「姚巡官，蔥油餅分兩種，煎的和炸的，你在公館買的對吧，炸的，油兮兮又脆又香，膽固醇和高血壓最愛，綽號魔鬼蔥油餅。」

姚巡官得到遠超過一杯水的待遇。

「可遠觀而不可褻玩焉，」昺法醫看著兩手捧到嘴前的蔥油餅，「宋朝周敦頤說蓮花，遠看即美，不宜拔出水塘種回家裡當盆栽，哼，老周可惜沒見過蔥油餅的威力。」

法醫辦公室小，一張桌子兩把椅子，其他空間堆滿雜物，電腦線上布滿毛髮團灰塵球，他縮小肚皮擠進早該報廢的低背旋轉椅，放進百分之三十體重試坐，還算安全，整個屁股下去，椅子發出呻吟但未就地解散。咖啡倒是香氣撲鼻，法醫沒分他一張、半張餅。

吃相不優，昺法醫抓起餅便啃，小狗一天兩餐的晚餐，狼吞虎嚥，夾著白毛的鬍碴子沾了餅屑油漬，不知道的人以為法醫領政府公告最低薪資，得養一家八口，生活艱辛。

「小姚，你設想的沒錯。」

因為蔥油餅，姚巡官升格為親密的小姚。

「我設想什麼？」

「長照中心的祝老太太不是自然死亡，外力造成窒息，鼻孔黏膜沾了纖維，幸虧是我，長照中心的老人過世，視為當然，很多法醫懶得費事死亡證明簽簽，準賭好。送去市刑大化驗，布料纖維，和長照中心枕頭套吻合。可惜市刑大太主觀認定長照中心的老人當然自然死亡，否則早該把所有枕頭扣押，至少有指紋，現在可好，找不出壓在老太太臉孔的那個枕頭。凶器，他們錯失凶器。」

兩百元四張蔥油餅，昺法醫並非一張一張吃，他疊起四張一起啃，相信餅厚更有滋味，不過吃法未免凶殘。

「她指甲縫有皮屑也有纖維，市刑大化驗，和長照中心用的床單一致，憑你一句話，我們沒讓她枉死。記得對你提過，老太太死前曾用力掙扎，抓床單抓到指甲裂開，推斷謀殺。市刑大中午搜索長照中心，那名倒楣的看護上了手銬，我說啊，看護怎麼可能是凶手，嫌老太太天天叫 Uber 吃太好，看不順眼？」

同意昺法醫看法，凶嫌絕非看護，沒有殺人動機。

「市刑大隊長老倪認定看護為財殺人，他的推理精彩，看護偷了祝老太太錢財被發現，情急之下抓起枕頭悶死她。」

姚巡官覺得該表示點什麼，

「祝老太太少了什麼？」

「長照中心的院長說病人各有一個小保險箱，床頭櫃下面那層，老太太死後他們打開，錄影存證，所有物品裝類似你們警察用的證物袋，身分證、健保卡、信用卡、現金一樣不少，現金三萬七千元。看護花幾個月學開鎖，不把三萬七千元偷走，留下次偷？不通嘛。遺物照片傳給美國她兒子，已讀不回，哎哎哎，養孩子不如養寵物。他們查看錄影檔案，看護或其他人沒動過保險箱。死前一週，唯一開過保險箱的是祝老太太本人。」

誰用枕頭悶死她？命案發生時間無非當天中午左右，記得看護說忙過午餐她才離開病房去吃飯，中間空檔頂多十幾分鐘。

「市刑大告訴你調錄影檔案發現凶手了嗎？」

吃得沒空回答，昺法醫吃相簡直餓了三天似的。

「調出錄影，發出通緝令了？」他追問。

滿嘴油，愛蔥油餅不必到拚命程度。

「市刑大辦案不必讓我們派出所小警員知道細節。常理判斷，凶嫌不是一樓病人就是長照中心住客。」他自答。

暠法醫終於打了個飽嗝，抹了嘴，

「其他是你們警察的事。別理會市刑大的衙門大，自我感覺良好，看其他單位不順眼，你，小姚，所有官裡面你最小，放手去查，誰也拿你沒辦法。蔥油餅旁邊那家水煎包也不錯。」

聽懂。

——＊＊——

長照中心連一樓診所已被黃色封鎖膠帶圍住，市刑大偵六隊憨面迎面而來，

「姚巡官，來巡邏？你向診所要的洗腎病人名單省了我們很多麻煩，破案有功人員名單上我添你名字。」

「不用，我無所謂。」

憨面身高一九三，以前警大籃球校隊，他用看小狗咬蟑螂的眼神：

「再說。你看這宗案子怎麼解決？」

「中心的監視器畫面。」

「想看？」

不好意思說看過了，市刑大整理過畫面，但仍然是有如收訊不良，到了嫌犯出現在祝老太太床邊時即跳動不停，看出來是個人，完全無法辨識面貌。調中心其他攝影機拍下的畫面，一樓診所進出的人太多，得花時間整理。

「你管區，你熟，說說看想法。」

他們兩人勘察現場當散步，順著扶梯來到頂樓，陽臺掛滿床單、枕頭套與病服。這裡沒有監視器，沒人抱怨警察抽菸，因此他們相互點菸，覺得天青氣爽，雖然警察待遇不高，日子也能舒服地過。

「看護劉女士說祝老太太洗腎時可能結交了朋友，老人家有聊天對象，變得開朗。」

「很好，洗腎病患名單我們有了。」

「祝老太太房產什麼的已全給了在美國的兒子，所以她的被殺應該與殺人取財無關。至於保險箱，問過看護，長照中心對住進來的人說明過，不負保管責任，希望他們不要帶貴重物品，即使有的帶了，無非手錶、項鍊，談不上貴重，有錢的老人不會住到這間長照中心。」

「同意。」

他們看著飄舞於空中的老人衣服和床單，沒有色彩，即使原本粉紅色的床單也洗得近乎白色。

「老姚，我們查過，祝老太太沒有存款沒有房地產，甚至沒有保險，由美國兒子定時撥款進長照中心的帳戶，包括老太太零用錢五千元，她要錢用找會計拿。找不出為錢財殺人的動機。」

「她兒子怎麼不接老媽媽去美國，留她一個人。」

「台灣有健保。」

馬上接不了話。

疫情期間原本以為房市不振，該跌價了，沒想到長居國外的老人紛紛回來買房子定居，為了健保。

一輛機車駛過小巷子停在中心前，Uber 送食物來。姚巡官想到蔥油餅被昺法醫吃光，一口也沒分他，不自覺嚥了口水。

「祝老太太不至於發生感情糾紛，更別說仇殺。」

憨面打個呵欠，好像非洲草原的大象看到剛嚥氣的兔子屍體。

「長官，我們是不是該調出近一年長照中心所有死者的資料？」

「你的意思是被謀殺的不只祝老太太一人？」

「試試嘍。」

憨面沒回答，他講起手機，兩句話，轉身揮去吹到他臉上的床單，

「下樓吃飯，我叫他們替你留了個便當。」

**

下樓時他們刻意經過每一層的病房，四樓隔成六間小套房，每個月五萬元，三樓和二樓未隔間，每個月三萬元，住得滿滿，聽說排隊等著住進來的老人不在少數。

「忽然想到，死了一名老人就空出一張床。」

「不會吧，老姚，搶病床殺人，有點說不通。」

「隨便說說。」

三樓電梯前塞了一張病床，兩名看護急著將床上大聲喘氣的老人送至一樓診所，看來情況不是很好，其他老人拉了簾子午睡中，他們不想目睹未來。

「老姚，我也隨便說說。我們六十歲前忙著付房貸、付小孩教育費用，等退休了，不敢用退休金，存下來等著進長照中心、安養院，人生挺無聊的。」

「你幾個小孩？」

「一個女兒。」

「女兒好，你不用擔心老了怎麼辦。」

「女兒在加拿大。」

又不知怎麼接話。

「漫長的等待。」

「怎麼說？」

他們走到二樓，空出來的床已經躺了另一位老人，看護忙著替他量血壓。

「我爸今年七十三，他爸活到九十七，我家長壽。」

「長官福氣。」

「別，當警察退休那天，糖尿病、關節炎，接著跑醫院，七十歲起邊吃藥邊等待九十歲生日，二十年，夠長吧。」

＊＊

一樓休息室，姚巡官分到一個雞腿便當，憨面坐到電腦前，

「去年底起，一共三名老人過世，經過法醫檢視，都自然死亡。」

姚巡官咬了口雞腿，老婆吃水煮雞胸肉和沙拉，下班做瑜伽，他則吃炸雞排和滷蛋，下班喝酒，二十年後他掛點，留下老婆活到一百歲，該擔心還是欣慰？

「其中一名蔡先生拔掉維生管線和氧氣罩，缺氧死亡。」

姚巡官記得，他嗯了一聲。

「去年十月還死了一名老人，心肌梗塞。」

他放下雞腿：

「都呼吸衰竭心肌梗塞，法醫這麼好幹？」

二〇二三年六月

1

第九聲門鈴停止，羅曼解開襯衫鈕子露出符咒，

「你身上貼了沒？」

「等下貼，不然流汗溼了。」

羅曼轉過身，背後也貼，溼得隨已掀開的襯衫掉落。

「你大哥學刺青，叫他把符咒刺在你身上，不用天天換。」

羅曼圓眼珠一轉，

「以後女生為了看我身上刺的符咒，好奇，想辦法脫我衣服，那她不好意思自己不脫吧。讚，非常有建設性的建議。」

「你說不想結婚。」

「沒說我不想交女朋友。」

門鈴沒再響，小傑看時間，距離午夜還有四十八分鐘，那個字這麼急？羅曼神色

慌張，一再搖手，不過他決定開門，說不定如羅曼的理論，看多便不怕了。

看不到人，對面公寓亮著燈，不見黑霧和黑色影子，倒是門上面的招牌晃動厲害，沒風呀。

——＊＊——

鄭記當鋪位於小巷倒數第二排的九弄一號一樓，從外面街道轉進巷子馬上能看到掛在一樓二樓中間牆上的招牌，據說光是招牌就能向市政府申請百年老店的標記，曾祖父留下的，從檜木樹幹橫向切下的木片，五公分厚，白漆畫框，中間一個黑字：鄭。

爸說，日本時代客戶叫我們 MARU 鄭，寫成漢字是丸鄭，丸指的是圓圈，本地人叫我們圓框鄭。

關於鄭記當鋪歷史，小傑積十七年與阿爸相處經驗，從他東一句、西一句的話裡推測，鄭記當鋪歷史悠久，久到市政府不相信而拒絕認證為百年老店的地步。鄭家不在乎。爸藏了一本線裝筆記本，上面全是毛筆寫的字，每一子孫繼承這店後便寫一段繼承經過，第一任歷陽公，以為姓歷名陽公，爸打他頭，你的祖先當然姓鄭，本名鐵，字歷陽，公是尊稱。

歷陽公是爸的神祖牌，過年拜拜，供桌上面的牌子寫著歷陽公與歷代祖先，也就是說這個家起源自歷陽公，其他的歷代不重要。

線裝筆記本第一頁寫：

吾隨父母避難至閩，輾轉來台，時隨國姓爺來台者眾，為紓人於困，乃起意設當鋪，賴廈門親友資助，於承天府大南門內謀得一店面，望生意興隆，當不忘初衷。

原來圓框鄭最初果真開在台南，小傑以後可以對人說祖籍台南，有點虛榮感，可是他過年還是得待在台北，不能像其他人搶高鐵票回中南部老家，過年跟沒過一樣。

爸大學念歷史系，畢業後當了幾年國中老師，因為祖父病逝而接手當鋪。小傑記憶中爸的時間幾乎全花在當鋪，媽說的：

「你爸第一個兒子是當鋪，你老二。」

有晚送完給爸的便當離去，他對當鋪招牌學韓國人那樣叫圓框鄭：哥。

那天晚上明明無風，圓框鄭的檜木招牌搖晃一下。小傑看得仔細，他再喊一聲：哥。圓框鄭又搖了，和被嚇到差不多，如果他繼續喊下去，說不定招牌搖到掉下來。

當鋪本來在大稻埕，祖父時期搬進這條巷子，四十年前的事了。爸有次不知說到什麼突然提到，被逼的，黑道找你祖父麻煩，乾脆搬走。

小傑家離當鋪不遠，走路大約十分鐘的小公園旁邊，爸吃完晚飯拿鑰匙散步來開店做生意。

為什麼晚上七點開門營業到翌日清晨五點？爸沒解釋，小傑長大後猜的，賭輸的人、不想被別人看到的敗家子等到晚上進當鋪，如果白天，巷口阿嬸嬤一定看到，她年紀很大，頭腦比她賣二手車的孫子振興好，成天坐門口風吹雨打的破藤椅，進出巷子的人逃不過她動完白內障手術的銳利眼神。每週五居家照護的社工人員推她到宮廟拜拜，她會對每一個人說誰誰誰的兒子進了當鋪，星期幾的幾點，戴哪種帽子哪種口罩，動作比小偷還小偷，很快全台北、全台灣都知道萬華阿鼎把他祖母留下的手鐲送進圓框鄭當了。

守當鋪，爸到痴狂地步，除了被媽抓去看電影什麼的，不參加其他活動。進高中第一個星期，學校開家長委員會，那時已和媽離婚，爸覺得身為家長有參加的義務，穿西裝打領帶，Line 小傑：要帶禮物去送你老師嗎？

羅曼說的，社交能力退化症。

羅曼是小傑同學，小學三年級經過千歲宮被黃阿伯叫住，小朋友，你有靈氣，來跟我燒香拜拜。里長和黃阿伯老朋友，答應兒子有空去千歲宮學什麼有的沒的，免得將來書沒讀好找不到適合工作，可以進宮廟做點什麼有的沒的。

黃阿伯當師公幾十年，幾年前走在路上被摩托車撞，住院期間醫師判定一條腿需要開刀取出碎骨，黃阿伯不肯，他說人要是開刀動到內臟筋脈，氣場破了，很難活得久。腿開刀喬正骨頭而已，不是割他肝、肺。里長伯和他吵很久，黃阿伯就是不聽，從此左腿一拐一拐。

老番顛。里長伯罵。

慢慢走卡贏皮肉被人割開。黃阿伯的堅持。

除了宮廟的事，黃阿伯很少外出，就算參加道教的阿里不達會議，坐公車不搭捷運，嫌換線麻煩。醫師建議里長和厝邊有空帶他出去走走，不管腿瘸的程度如何仍需運動，免得肌肉萎縮。因而身為徒弟的羅曼認為，每個超過四十歲的人必然傾向頑固，一如里長伯寧可挨老婆罵也非喝酒回家大小聲。意思是，大人無非白目和白痴。

當爸被救護車送走那天晚上，警察在當鋪前拉起封鎖膠帶，一拐一拐的黃阿伯彎進巷子看著圓框鄭發呆，里長伯糾纏警察問東問西。小傑站在巷子茫然地看著圓框鄭，那晚無風，他沒喊哥，救護車載著爸一出巷子，圓框鄭抖了好一陣子，像哭泣，不然至少像向他招手。

小傑收回視線，看原木大門，爸留下這間當鋪，該怎麼辦？請阿三大姊幫忙賣掉，不然鎖起大門假裝它不存在？尚未決定是否繼承當鋪，可是想拒絕的阿爸人生已經敲響大門。

叩叩叩，誰敲出聲音？

不是誰敲門，圓框鄭的晃動，金屬鉸鏈該上油，不過奇怪，這次也是叩到第九下，他仰起頭問：

「哥，你看到他們了？」

圓框鄭未回答，可是標準立正動作，動也不動。

「幾個？」

圓框鄭沒動。

「他們是人是鬼？」

這次小傑看到也聽到，圓框鄭抖得規律，一八，八一。

墨汁從天空往下流那樣，小傑眼中熟悉的巷子燈光消失，聲音消失，世界被霧罩住，他抽出口袋裡的兩張黃符紙高高舉起，風吹得符紙飄揚，每根頭髮扯他的頭皮，這次小傑沒有退縮，他瞇著眼，繃得緊緊的手臂堅定舉著符紙喊：

「哥，我們挺住。」

2

回學校，幾天不見同學變得成熟體貼，接受太多問候有夠勞累。數學老師對著全班故意不看小傑，說一大段人生哲理，同學感情，失去親人的痛苦之類加幾十種中藥的人生雞湯。

阿三找他說話卻吞吞吐吐，小傑看了看站在走廊笑得開心的小月與志明，阿三不笨，看出來了。本來該安慰他，別難過，失戀的不只你一人。

想不出小月哪裡漂亮，充其量不晒太陽的那種白，喜歡白不如買饅頭回去夾豬排，至少滿足腸胃，卡贏背女生包包。

讓阿三以為他是唯一的失戀者，失戀不能分享，不能出賣羅曼。

國中起，這個喜歡那個，幾天後那個和另一個進麥當勞，被撇的那個時不時捶胸，下課進廁所洗臉。不戀愛一次枉讀高中三年，阿三高一的志向就是找到女朋友，找得跌跌撞撞，幾次看到喜歡的女生和別人在一起，悶得快窒息，現在，砰，阿三再挨一槍，鋼鐵人倒在地面，重型砂石車加速壓過去。

羅曼忘記小月的方法接近自虐，體育課明明打籃球，他去跑五千公尺，跑到從頭溼到腳，假裝畢業去跑馬拉松是人生最大志向。每個人對付失戀的方法不同。離婚後爸喝了一陣子酒，坐在客廳對著空桌子喝，幾次沒去當鋪上班，不像他個性。斜對面張阿姨常送飯菜來，保鮮盒裝的，小傑吃不慣，張阿姨寫過健康飲食的書，期望用健康感動日夜顛倒的爸。她不懂，愛吃炸雞腿的爸怎麼可能在乎健康檢查數字。

第三個星期吧，放學看見爸和張阿姨在小公園聊天，她握阿爸的手，快流眼淚的樣子。

第二天吃早飯，爸煮的稀飯，替小傑那碗加了很多不健康的肉鬆。

「張阿姨不會再送飯菜來，我對她明說，沒有心情。」

爸看到昨天小傑經過小公園，說不定因此拒絕了張阿姨。

那天起爸恢復正常。隔很久問過爸，他回得清淡：

「張阿姨關心我，謝謝她，因為她我澈底明白多愛你媽。你媽沒再婚，我們還有機會，小傑，你爸還有機會。」

媽即將回來，爸卻失去機會。

羅曼回家洗澡，小傑放學直接到當鋪，意外，門口長板凳坐著黃阿伯。

「符貼了？沒事，經過看看。」

小傑忍不住，詳細說明從戊壹壹肆抽屜內找到的物品，黃阿伯仰臉看圓框鄭許久，咳了好大聲的嗽：

「所以還不知道袋子裡裝什麼。」

「我爸說如果封住的典當物，我們不能看，福袋那樣，等到流當了再看。」

「所以還有個塑膠袋。」

「第二個是透明塑膠袋，裡面紙上寫四組號碼，我和羅曼猜是生辰八字。」

「羅曼說了，是生辰八字沒錯。」

「哪有人當生辰八字。」

「所以昨天晚上他們又找上你家當鋪，因為你不讓他們贖回當品。」

「結果不是，不是門鈴，是它。」

小傑指著黃阿伯一直盯著看的圓框鄭，說也怪，圓框鄭配合地晃動幾下，發出空空聲響。

「所以當票是真的，卻過了贖當期限，你可以不讓他們贖，所以他們生氣把當票摔在當鋪門口。」

「我該讓他們贖回嗎？」

「你老闆，你決定。傑生，我說你聽，那個字不會隨便出現在人面前，他們陰，怕陽，就算你生日和鬼門開同一天，既是活人，自然陽。那個字已經離開人世，黃金、美金對他們沒有意義，贖回去做什麼？」

他向圓框鄭招招手，

「我喜歡你們家的招牌，古錐。按照當票上寫的日期——」

「辛丑年四月十一日，二〇二一年。」

小傑就著燈光唸：

戊壹壹肆

破爛金飾乙件，典當一萬台幣

另加日後補當貳件，不加典當費，利息如故

阿德交代不得打開檢視
如其所說
辛丑年四月十一日

「兩年前的事，不遠，你爸留下紀錄嗎？」

「我查查看。」

「他寫阿德，顯然是朋友，查阿德的本名。」

「好。」

「你們家裝了監視器嗎？」

「沒，我爸說不用，已經貼黃阿伯的符，保證安全。」

黃阿伯張開嘴，再閉上，喉結抖動一下。

「我年紀大，視力不好，你幫我上網查二〇二一年四月十一日發生什麼大事，條列出來給我。」

「好。」

「留意最近的新聞，一定有什麼事，不然那個字為什麼超過贖當時間已久，選這個時候找圓框鄭？」

圓框鄭被風吹得用力敲擊牆壁。

「啊，圓框鄭還是這樣敏感。沒事，別抖，有我們在。」

黃阿伯知道圓框鄭的祕密。

「再分析，那個字問你，他呢，表示他們找人，找你爸，否則以為要找的那個人在你家當鋪。世界之大無奇不有，我知識有限，講講你聽聽看。那個字不見得像電影電視演的骷髏頭滿口亂牙，但會附在某些通靈的物件上。三十多年前一個大學生神智失常，我師父，他過去了，無量壽佛。我師父問他最近撿過什麼東西沒，結果他說和朋友騎車去陽明山野餐，撿到一個耳環。我師父請教千歲爺，得到耳環沾了髒東西的指示，第二天燒香燒紙錢送走附在耳環上的——好吧，那個字，再燒掉耳環，大學生的病不久好了。聽懂了嗎？」

「懂，我清理二〇二一年起收到的當品。」

「找到別亂處理，拿到千歲宮給我。」

「如果那個字又找上我，怎麼辦？」

「幾個可能，他經過當鋪，因為你陽氣弱，逗逗你。你的當鋪收了他什麼東西，最近他想起來，希望能贖回。他在陽間有心事未了，圓框鄭——我是說你家當鋪能幫他完成心願。不論哪個可能，主動權在他，我們被動。沒辦法，我們對那個世界了解有限。」

「美國的降靈會，我們台灣也有觀落陰，可以找到那個字啊。」

「騙人的。別怕那個字，正氣，人活著憑正氣，知道嗎。」

「如果我店裡放大悲咒的錄音帶？」

「請神，你們店裡不是供奉祖師爺？請祖師爺幫忙。到土地公廟看看，求祂老人家保庇。儒家講究心正，道家主張清心，同樣意思，抗拒引誘。試試唸《金剛經》、《道德經》。」

「背過〈岳陽樓記〉，要是他們再來，我背〈岳陽樓記〉。」

「誰寫的？」

「宋朝范仲淹。」

「儒家的，不如唸《論語》。唸什麼都好，專心唸，你的心裡塞滿文章，他找不到可以鑽進來的空隙，你就贏了。」

他走向巷口，又折回，

「你爸的店，你面對，不要怕。唸文天祥的〈正氣歌〉更有效，文天祥正派，寫的文章也正派。」

小傑用力點頭。

黃阿伯走了，再次折回，

「羅曼失戀了？」

小傑守住祕密，未回答。

「失戀要熬幾個月，痛苦，沒人可以訴說。他對你說了？好好開導，朋友勝過兄弟姊妹。你們長大了。」

輪到小傑坐長板凳，被黃阿伯坐得滾燙，他年紀這麼大，屁股居然火爐燙。等了二十分鐘，羅曼提晚餐奔來，

「呷笨。明月照西樓，我嘛卡好吃飽太閒照顧你晚餐。」

小傑守住祕密，沒說黃阿伯來過的事。

進當鋪，吃晚飯，很多事得準備。

拜祖師爺，符咒貼胸口，打開電腦尋找二〇二一年四月十一日，除了疫情，沒發生什麼大不了的事。

當鋪幾乎每天得開張營業，與他環遊世界夢想背道而馳。最恨守著小店過一生。隨媽到日本做情報也好，比看守別人的過去健康多了。

帳冊最古老的一本用塑膠袋包著，記得爸戴手套再翻這些帳冊。找到白色棉手套，小心掀開第一頁，貼滿膠帶，紙變得綴，三百六十年前的筆記本用的紙夠爛，上面毛筆字有些糊。

看不清，眼睛開始癢，書和筆記容易潮溼滋生黴菌，每年要晒太陽，何況是三百六十年前的帳冊。從沒見爸晒過書，他只晒棉被和床墊。

羅曼躺在丙櫃丁櫃之間睡著，跑步太累，或許失戀使他這幾天沒睡好。怪，地下

室未裝空調，比一樓涼快，上面三十三度，下面大約二十三度。

嘡嘡嘡鐘聲，小傑快跑下樓，羅曼揉著眼睛，店內沒有鐘，報時聲音哪來？尋找聲音來源，丁參拾肆，高大木櫃，可以想見裡面的鐘多大。

以前不響，為什麼突然響？

不好，十二點了。

「快，羅曼，你在櫃檯後面準備。」

「準備什麼？」

「拿劍。」

小傑跑上樓，門鈴聲響起。他該開門還是假裝不在？開門，如果那個字來了，他直接問，你們想贖回流當品？好，馬上讓你們贖。

沒見過不能說的那個字，像日本動畫裡滿臉長瘤手上拿拐杖，像香港電影伸出幾十公尺長舌頭？假裝不在的話，那個字會不會穿過牆、穿過門伸出幾十公尺長的舌頭捲住他身體，用鋒利的牙齒咬下他的頭？

被那個字咬會不會變成那個字，變成活死人？那個字找替死那個字，找到替死的他可以投胎轉世，讓被咬的人去找其他替死那個字？

沒有別的辦法，只能相信黃阿伯，他摸摸T恤，貼的符還黏在胸口，深吸一大口空氣，走到門後打開三道鎖。

**

打開門，一陣強風差點把他吹回店裡。外面黑漆漆不見任何燈光，黑霧滾在小腿附近，幾團黑影上下跳躍。他取出當票問黑影：

「請問來贖當嗎？」

黑影時大時小，像卡通片睡著的狗鼻子冒出泡泡，吹氣似變得很大，飛了幾公尺噗地爆掉，鼻子冒出新泡泡。

「依照約定，一手交錢，一手交貨！」

「他呢？」

男女混音，從不同方向、不同距離竄入小傑耳朵。

「他是誰？」

小傑往前邁一步，忽然風停了，眼前世界彷彿按了暫停鍵，幾團黑影不知藏到哪裡。

「他問我們他是誰。」女人聲音。

「我們問他他是誰。」蒼老夾著痰的男人聲音。

「他說好在這裡。」虛弱、有點氣喘的另一男人。

「他騙我。」女人提高嗓子。

「騙子。」痰卡在喉嚨，聲音破了。

「他是騙子。」

世界快速恢復轉動，轉的速度太快，小傑下意識伸手想抓什麼。他沒抓到，兩腳離開地面，一陣頭昏，風捲他至半空，周圍轉著不知名的星星，聽見發自地心帶著重貝斯的吼聲：

「他呢！」

世界變成空的，他站在玻璃平板上，下面是萬丈深淵，平板猛然往後縮，他來不及退後，整個人往下落。心臟跳到喉嚨，風在耳邊嘶喊，他想用手指堵住耳朵，他抬不起手，覺得心臟隨時蹦出嘴巴，不能不閉緊嘴，看見很多人影在眼前經過。說不定其中有阿爸，因為一個影子伸手抓到他的T恤領口。

T恤被撕破，他落進水裡，一直往下沉，他蹬腿，沒有用，腿已沒有知覺，看著氣泡往上升，他卻繼續往下沉。落在一塊岩石上，不是岩石，冰塊，很大的冰塊。

小傑覺得冷，說不出來的冷，縮起兩腿，兩手夾進胸前，某種東西往他體內鑽。不行，他踢他踹，抓著冰冷的東西往外甩，他喊：

「滾，你們全滾。」

——**——

睜開眼，他躺在門內，羅曼拿杯子往他臉上倒水。

「你幹麼。」

「嚇死人，那個字走了？」

「我怎麼知道。」

「沒死就好，想到一個問題，你背國文第幾課，我一句也聽不懂。小傑，偷偷背課文，不是兄弟。又想到一個問題，你為什麼要跟他們過不去，要贖當就還他們，本來不是你的，也當不了多少錢，你真的頑固。再想到一個問題，你爸以前，你祖先以前做什麼生意，我師父說那個字很少煩人，被煩上的倒楣很久，你祖先和他們做生意幾百年了，敢和那個字討價還價，他們付你的錢敢收嗎，喜歡每天蚪賽蚪尿三分鐘？想到新問題，你這麼頑固是不是遺傳鄭家祖先，鄭鐵的名字意思是他鐵，鐵齒、鐵了心、鐵支？」

關上店門，小傑需要時間回想幾分鐘前發生的事。

「和鐵無關，他們不是來贖當，找他。」

「老是問他呢他呢的那個他？」

「那個他，到底是誰。絕不是我爸。」

「你又知道他們不是找你爸？按門鈴，丟當票，小傑，送你一句話，狼若是回頭，不是報恩就是報仇，你反省，他們報恩還是報仇？」

「感覺黑暗裡有人，看不到，摸不著。」

「他們走了沒？他們的東西還他們。我受夠了，你家的當鋪你處理，回我家前你去千歲宮過火盆，把那個字帶到我房間就慘了。速限七十你偏飆九十，你不撞路樹誰撞，不要頑固。」

T恤黏身上難過，他扯下，領口真的被人撕破過。店內燈光滅了再亮起，鑰匙組成的裝飾被風吹得發出叮噹聲音。

符紙溼成紙團，胸口印了一個字：急。

「怎麼這樣？」

「我師父的符，急急如律令的急。」他摸小傑的肚子，「這個字塗不掉，我用口水看看。」

羅曼吐口水在指尖，指尖往小傑肚子戳去。

「你比那個字更噁。」小傑打掉羅曼的手。「怎麼辦？找黃阿伯。」

「對，江湖事問江湖人，我師父鐵有辦法。」

3

只睡了三個小時，小傑整天昏沉，回到家翻父親遺物，挑出一套很少穿的西裝，從口袋翻出相片，爸穿西裝與媽在照相館的合照，媽露出燦爛笑容，爸側臉親她的臉頻。他們有過恩愛的日子，為何鬧到離婚？為了當鋪？爸不能為了妻子犧牲當鋪回去當老師嗎？

陪小傑的是黃阿伯、里長、羅曼和手機裡的媽。

不想驚動太多人，再說爸封閉自己於當鋪內多年，斷了和以前朋友的來往，手機通訊錄內僅幾個號碼，不如不要通知。

儀式簡單，黃阿伯唸完經，棺木送到第二殯儀館火化，小傑代表性撿幾根骨頭，其他的由火葬場處理，不久收到骨灰罐。里長開車帶他們去北海岸靈骨塔，阿公買了四個位子，他和阿嬤的。

「我不用，你爸留給你的。」媽在螢幕上說。

剩下兩個是他和爸的？送子孫這種東西，算了。看著未來的一格歸宿，有點時空錯亂，畢竟從未想過死亡的事。

死亡太安靜，當鋪內只有天花板吊扇的旋轉聲，靈骨塔只有襪子走地磚的磨擦聲。應該哭，可是頭腦昏沉無法集中注意力，忘記哭。

媽全程透過手機轉播參與了儀式，倒是她哭了。

「替我向你阿公阿嬤行禮。」她啞著嗓子交代，「你阿公對我好，他為什麼那麼早就死了。」

「替我罵你爸，早聽我的話不就好了。」啞的嗓子冒出火藥味。

「把你爸的店鎖了，我回來處理，不准對我說你要繼承。」火藥味裡摻了指示明確的命令。

「幫我謝謝里長和黃師公。」

「是我兒子就聽話，收拾行李，到日本，跟我。」

小傑腦中浮出北海道冬天大雪的電視新聞畫面，無法確定喜不喜歡大雪。每天早上穿長橡膠靴拿鏟子鏟雪，鏟到中午終於有路走出去，累斃。吃完蕎麥麵回去補覺，醒來路又被雪蓋滿，再拿起鏟子出去——咦，以前有人這樣過好幾輩子，想起，希臘人，推石頭上山，推到山頂石頭滾下去，再追下去推。

明白別想和媽對抗，以前爸的形容：你媽，殺無赦。

里長叫他別回家，擔心他難過，羅曼陪著其實囉嗦比難過更讓人頭痛。

——＊＊——

他們坐在巷口日本料理店，媽說請黃阿伯和里長吃飯，這是禮貌，感謝他們幫忙，兩人推說有事不來，派羅曼代表接受感謝。和羅曼有個卵關係，他什麼忙也沒幫。

「你過了傷心期，進入空虛期，我媽說像少了重要東西，每天都在，一下子不見了。你四月的櫻花，要謝不謝，比行屍走肉還不如，剩下一塊爬滿蒼蠅的爛肉。有我陪算你福氣，縮短空虛期。」

羅曼不空虛，他吃了蒸蛋和生魚片，對廚房的阿火師說還要烤秋刀魚。

「空虛期過了你恢復正常，偶然想到你爸才會難過。想像不出，我媽說阿嬷死了幾個月以後，她和姊妹見面提到阿嬷就難過，可是難過完馬上結束。人死了被遺忘，可悲。」

他居然敢點烤香魚。

「晚上怎麼辦？我上網查了撞到那個字要找師公驅邪，我師父功力高強，免驚。對了，我師父說我八字重，那個字不敢看到我——不豪洨，我瘋起來，自己都怕。」

小傑找到開口機會：

「晚上你去開門。」

「問過啦，沒有用，他們不敢看到我，照樣找你。那個字只能靠符咒擋住，我們關緊門，師父保證有他符咒在，那個字不敢進你當鋪。」

「我爸的當鋪。」

「一樣，你們家的圓框鄭。當鋪有時趁人之危收太高的利息，累積的報應超標，八代耶，你家每年找道士做法事化解恩怨沒？難怪那個字半夜按門鈴——他們沒手怎麼按門鈴？」

「用舌頭。」

「嚇我對社會無益。」

「你想的辦法，你去開門。」

「說過，我八字重，別人旋轉你不要跟，你會吐，靠。對了，我師父請了道友到你當鋪作法，看過道士作法沒？別怕，父母半世情，兄弟一生一世，我讓你靠到地老天荒。」

——＊＊——

這是入夜後黃阿伯和另外四名道士穿道袍站在當鋪前的原因，背劍的、持鈴鐺的、拿拂塵的、誦經的、敲磬的，五行陣，驅妖降魔。小傑不是很信道教法術，想到門外有人幫忙，內心倒是安定許多。

二〇二一年生意慘澹，阿爸賣出兩枝鋼筆三支手錶，收進的典當物品裡包括破爛真牛皮夾克一件，記得那年沒有冬天，口罩把冬天擋在外面。

羅曼腸胃和小狗差不多，吃完必拉，又進廁所玩手遊了。小傑下樓站在戊壹壹肆櫃子前，最底層，他跪下伸手往裡面摸，拿出紅絲綢袋子，考慮再三，他沒打開看。看了有意義嗎，如果裡面裝一顆幾十克拉大鑽石，他能不讓那個字贖回去嗎？

那個字再來，還他們，不賺他們的錢。

小傑吹著口哨上樓，他決定了。

「不准吹口哨，」羅曼站在樓梯口，「小時候你阿公阿嬤沒教你，半夜吹口哨那個字聽到以為你叫他，喂，腦袋不夠硬，心臟要強；心臟不強，至少要懂謙卑，別人說的要聽。」

小傑未理會，打開門問黃阿伯他們要不要喝水，門口堆了木劍、搖鈴、銅磬、拂塵、鈴鐺，前排與旁邊公寓籠罩在濃霧中，看不見對面公寓燈光，黑暗中間出現燭火般搖曳的光點，時橘時白時紅。光點變大變近，飄到當鋪前，黑到極致的幾團黑影有如電線走火劈啪作響。黃阿伯與其他四名道友飄於霧裡，像失去知覺被魔術師施法浮於半空。

幾十種想法快速流轉，小傑沒時間思考，世界凍結，澈底安靜，剩下聽似遙遠的喔咿聲，黑影圍住他，

「他呢。」

小傑不再抗拒：

「你們要贖當？」

「他呢。」

「不收利息不收本金，典當物還你們。」

「他。」

「到底誰啦？」

黑影一下子變得很大，朝中間聚攏，小傑被包住，他喘不過氣，腳往外踢，兩手

扯黑影，踢到空氣，扯到空氣，忽然胸口被重物壓住，掙出黑影的頭部看見霧中無邊際的黑霧包住當鋪——不，那不是他家當鋪，一間小小矮矮的房子，屋頂的瓦片旋轉在空中，寫了「當」的布招劇烈拍打，布招下不時竄出刺眼光線，傳來圓框鄭的招牌大幅度擺動的鐵與鐵磨擦聲，無數蜷曲沾滿口水的舌頭纏住他脖子：

「他在哪裡。」

——**——

許多臉孔在他眼前晃動，另一種聲音，蒼老低沉：

「沒事，起來吧。」

睜開眼，看到黃阿伯和其他陌生阿伯的臉孔，最後是熟悉但叫不出名字的白鬍碴男人——不陌生，小傑虛弱地叫出他的名字：

「昺法醫，你怎麼來了？」

「給他水。」

羅曼拿著杯子往小傑口中灌，手抖得太凶，水灑得小傑一身，分不出溼透T恤是汗是水。擺五行陣的阿伯個個精神不振，聞得出他們衣服的焦味，黃阿伯兩手支著大腿吐大氣，另兩名阿伯扶小傑坐上板凳。昺法醫伸出三隻指頭：

「幾隻手指？看我這裡，幾隻？」

小傑抹去汗和水，看見昺法醫往四處竄的亂髮，看到自己映在昺法醫近視眼鏡的鏡片，他看到指頭：

「三。」

所有人吐出憋了好久的氣。

「這個是誰？」

手指換成羅曼的臉。

「羅曼。」

「你在哪裡？」

沒有風，圓框鄭的招牌抖出喔咿喔咿聲。

「我家當鋪。」

「這是什麼？」

昺法醫攤開手裡的竹片。

「當票。」

黃阿伯的臉取代了昺法醫，

「靈寶天尊，安慰身形，弟子魂魄，五臟玄冥，青龍白虎，隊仗紛紛，朱雀玄武，侍衛我身，五心正雷，眾鬼讓路。」他大叫，「鄭傑生，放開。」

平空響起雷聲，招牌燈一閃一滅。小傑覺得胸口遭到重擊，沒辦法呼吸，又立刻像有人朝他嘴裡灌入大量氧氣。

昺法醫的臉湊回黃阿伯旁，

「你爸的事，不是說當鋪半夜開門，我好奇，下班逛過來，五名師公躺在前面防火巷，突發性昏迷，你一樣，」他看了周圍一眼，「大家記得，見到昏迷的人捏他人中，平躺，抬高他的腳，腦部不能沒有血。小傑，查了你家族病史沒？」

「他撞邪。」羅曼說。

「我不懂撞邪，沒關係，撞邪的人同樣方法處理，清醒後愛找師公找和尚我不反對，千萬別錯過急救時間。再測試一次，大聲說，當鋪的店名？」

小傑居然想不起店名，捲在風裡的那間矮房子是圓框鄭嗎？

4

「我從保險櫃找出來的典當品和當票存根。」小傑坐著喘氣。

黃阿伯拿起兩瓣竹片合攏，

「你祖先很聰明，一片竹子劈兩半，一半給顧客一半留做存根。」

「他們為什麼老是問我他呢？」

「你認為他們問的他是你爸嗎？」

小傑不知怎麼回答，那個字和阿爸的死有關，不然知道阿爸怎麼死的？

每個人一枚飯團一杯豆漿，阿嬸嬤早起，坐在破藤椅看著他們，黃阿伯朝她喊：

「阿嬸嬤早。」

沒得到回應。

羅曼對黃阿伯指小傑，

「他廢了。」

所有人轉頭看羅曼指的方向，小傑額頭不知什麼時候變得灰暗。

昺法醫摸小傑額頭，

「發燒，大概感冒。」

黃阿伯看其他道友，彷彿得到同意，回頭再看小傑，

「不是感冒。」

「那怎樣？」羅曼問。

「中邪。」

「說清楚。」昺法醫不太信師公的理論。

「什麼東西附上他身體了。」

「我帶他去醫院檢查，照X光，做超音波。」昺法醫不耐煩地說。

「不行，恐怕得請千歲爺。」

說著，黃阿伯與道友默契地拾起法器圍住小傑，他口中唸咒，五人繞著小傑轉，黃阿伯大吼：

「玄天上帝玉旨，急急如律令。」

還沒喊完，小傑突然翻起白眼，身體往上挺，往上挺得兩腳離地衝了幾公尺高，再重重摔下。小傑舉起彎曲的左手五根指頭尖吼：

「臭道士，退開。」

小傑面目猙獰張開嘴巴，噗，一口黑血吐在黃阿伯黃色道袍。

第四章

慈悲的罪惡

靈魂真的重二十一克？

二〇二一年四月

1

三名被害人，死時七十七歲的蔡先生，中風加上失智，長年臥病，死因為維生系統被拔掉；死時七十二歲的祝老太太，癌末與長期洗腎，死因與以上兩者無關，被枕頭悶死。新的發現，去年十月，同一長照中心的八十五歲林老先生中風與糖尿病，死因為心肌梗塞，找到當時胖胖的看護吳媽媽，她的指證：

「我覺得奇怪，都沒人聽我的，他眼睛紅紅的，警察和法醫沒問，我也不敢亂說，現在想，還是怪怪的。」

姚巡官安慰，沒責怪她，

「眼睛紅之外，其他呢？」

「他的心情變好，好像期待什麼親人來看他。我們長照中心人手不夠，他家又不幫他請私人看護，要我們二十四小時看住喔，不可能啦。以前很少看到親人來看他，忽然有人送東西，要死，糖尿病人不能吃甜食，他床頭多了蛋糕。你不曉得，林阿伯愛死巧克力，不知誰送的，看到過兩次，小盒的，便利商店賣的。」

「妳怎麼說？」

「叫他不能吃，都沒收，林阿伯說他都快死了，吃幾口沒差。」

「妳沒問他誰送的？」

「問了，不說。」

「眼睛紅？」

「眼白出血。」

——＊＊——

姚巡官和憨面擠進昺法醫小辦公室，為了提振士氣，憨面聽從姚巡官建議，警車繞到長春路買了豬腳飯。

「你們特地去富霸王，有誠意。」

昺法醫審視提報林老先生死亡的所有證據，當時的法醫判定為呼吸衰竭造成心肌梗塞。

「照片拍得不好，」昺法醫指著瞪大兩眼的林老先生遺照，「不過我反覆看了死者眼睛三百次。」

看出什麼了？

「同意小姚看法，你們仔細看，眼白上是不是出血，一點一點的。」

看得出紅點。

「瘀斑，血壓上升又找不到流動管道，河水改道的意思，衝進眼球而滲血造成這樣的血點。」

「昺法醫的意思是？」憨面急著問。

「被勒死的，」他伸手掐住姚巡官脖子，「血管遭外力堵塞，血無法進入腦部，血管裂開往外滲，最明顯的是眼白，被害人大腦缺氧死亡。」

「當初的法醫沒發現？」憨面不相信。

「死者八十五歲了，白內障嚴重，糖尿病，住長照中心，每天吃五種藥，誰會想到謀殺。」

「勒死的話，脖子上不是會有瘀血？」姚巡官眨眨眼再看照片。

「人家說女人再怎麼美容、化妝，掩蓋不住脖子，皮膚下垂形成俗稱的雞脖子。八十五歲的人，脖子又細又皺，不是我替同業講話，哪個醫師想得到查死者脖子有沒有被勒過的痕跡。」

「他被勒死。」

昺法醫回到他的豬腳，舌頭舔舔嘴唇，

「我們講的全是假設，沒有屍體，只能假設。」

＊＊

憨面做事明快，調出林老先生資料，當初在死亡證明書上簽字的是死者外甥女，唯一在台親人，對於舅舅死亡未提出異議。他和這位外甥女通上電話，得到直接的回答：

「拜託，我舅八十五歲咧，而且誰會想殺他？我嗎？他幾百萬遺產都留給我，我還有殺他的必要嗎？」

疫情期間，屍體三天後火化，送去金山的靈骨塔，未驚擾任何人，因此除了法醫拍下死者的照片外，未留下絲毫足以重啟調查的線索。

姚巡官焦急地騎上車回管區熬夜檢查長照中心監視器的錄影，幸好疫情，許多家屬不能進去探視親人，中心保留下錄影檔案以便傳給需要的家屬。巧克力蛋糕，誰送蛋糕給林老先生。

第二天清晨他撥了憨面手機，聽到仍處於睡眠的嘟喃：

「幾點？」

他未留意時間，只說了兩句具冰水淋頭效果的話：

「找到凶嫌，已經拿到長照中心名單比對之中。」

——＊＊——

錄影畫面雖不夠清晰，但能比對出是同一男子，他探視過祝老太太、蔡老先生和可能也是被害人的八十五歲林老先生。其中祝老太太和林老先生都在一樓接受洗腎。

從去年九月到今年四月，五名洗腎病患和祝老太太、林老先生聊過天，涉有重嫌，憨面分派人手一一查詢，很快得到回報。一人於兩個月前住進榮總病房，一人體弱多病且已六十九歲，均可排除嫌疑，另兩人由警車載至市刑大，唯一找不到人的是三十七歲的朱能德。

2

當姚巡官拖著疲倦身體回到家躺上床來不及闔眼，手機響了，

「來市刑大一趟。」

「我剛躺下。」

「你吵我睡覺，我不能吵你睡覺？」

——＊＊——

填好申請通緝朱能德的表格送到大隊長手上的同時，位於重慶北路的市刑大來了不速之客，騎一輛二十年以上車齡的機車，大剌剌停於市刑大門口，他捧著安全帽走進去對值勤警員說：

「你們誰找我？」

憨面從四樓差點沒用跳的下樓，三分鐘後敲了姚巡官手機：

「別擺姿勢，我請你喝咖啡，多少杯隨你喝，喝掛你老屁股。他叫朱能德，三十七歲，白血球過多，洗腎五年，醫師對他說洗腎大約續命七年，他還有兩年，等不及了。」

——＊＊——

朱能德不是說「等不及了」，他說的是：

「我不能再等下去了。」

3

沒想到朱能德看上去像五十歲的人，頭髮半白，兩頰下垂。偵訊室坐他對面的不是憨面，年輕的女警官。

偵訊是門學問，憑經驗派不同刑警主持，憨面覺得凶嫌沉默，派女警官容易突破心防。

「你和祝老太太認識多久？」

沒回應。

「為了錢？」

沒回應。

姚巡官離開偵訊室的雙面玻璃，

「我看看他的資料。」

憨面睜大眼，你終於想開了的表情。

電腦內的資料有限，凶嫌朱能德，無前科，大學畢業，製作網頁的工程師，在家接案子，自由業，離婚，無子女。

「你有權限進健保局網站？」

「沒，我對局長說。」

幾分鐘時間，憨面打開健保局網頁輸入密碼，

「他還是不肯開口，我們播長照中心錄影給他看了，拿枕頭悶祝老太太的人是他，證據確鑿。媽的，他理也不理，只說要卡布奇諾，以為市刑大附設咖啡館。」憨面瞄姚巡官一眼，「和某人一個德性。」

姚巡官輸入朱能德身分證號碼，出現一長列就診紀錄。

「再不開口只好依現有證據送地檢署，」憨面朝外面喊：「替姚巡官弄杯咖啡來，你不挑對吧，黑咖啡。」

從上往下滑，過去五年的就診紀錄頗驚人。

「能調他母親的健保紀錄嗎？」

憨面眼珠瞪得更大：

「你找到東西了？」

——＊＊——

偵訊室內外無聲，女警官拿著水杯退出，姚巡官握卡布奇諾咖啡杯進去。憨面為他開門前眨了眨眼，

「知道你行。」

姚巡官一共用了五句話，第一句是：

「你遺傳性白血球過多，五年前診斷出血癌，經過多次治療，預估還能活三至五年。即使洗腎要不了你的命，血癌會。」

沒回應。

「母親帕金森氏症，日常生活無法自理，家裡請了外籍看護照料，一個月花費三萬兩

千元，一年四季空調，醫療費用，自家不煮飯，外送三餐，一個月得花三萬元，你每月平均收入大約六萬元，勉強打平收支。不料你也生了重病，房子貸款七百萬，用健保不給付的藥物，開銷大。」

沒回應。

「一年三個月前你妻子和你離婚，未提出任何要求，無子女，她搬回娘家高雄，八個月前再婚，目前與丈夫一同經營麵包店。」

沒回應。

「藥吃太多或是天天外食，腎功能出問題，你長期洗腎認識病友祝老太太，她喜歡也信賴你。不知你說什麼，祝老太太變得開朗，院方以為你覬覦老人家財產，其實老人家沒房沒存款，她的房子早被美國兒子賣了，錢轉去美國，兒子在洛杉磯買了間公寓當收租公增加收入。你和她，同病相憐。殺人原因是為了縮短她的痛苦期。」

沒回應。

「不僅她，去年十一月你拔掉同一長照中心長期臥榻蔡老先生所有維生管線，你殺了他。」姚巡官用完全找不出憐憫或威脅的眼神盯住凶嫌，「朱能德，你還殺了林老先生。」

沒回應。

「你來市刑大認罪，為什麼又不說話？後悔了？還是你突然想到母親？朱能德，想解脫你媽的苦痛和她帶給你的痛苦？」稍稍停頓後，他咬著每個字繼續說：

「下不了手，到長照中心找人練習？不，你改變主意，把你媽擺爛交給社會局處理。」

依然沒有回應維持了約十二秒，朱能德往桌上一趴開始哭泣，貼切說法，放聲大哭。

——＊＊——

破案未必個個開心，掐死林老先生令朱能德退縮一陣子，怕被警方發現，不料根本沒人在意老人死亡原因。他膽子大起來，拔掉蔡老先生的維生系統，之後是祝老太太，用枕頭是另一嘗試。

「為了結束你媽媽的痛苦，拿其他人當試驗品？」

「不，」朱能德止住淚，「祝阿嬤求我殺了她。」

協助殺人和練習殺人，動機截然不同。

「之前兩名死者呢？」

「林先生對我說他的脖子很細。」

「蔡先生求你拔掉管線？他一直處於植物人狀態，可能求你殺他嗎？」

「你們不懂，他只是病到懶得說話懶得動，醫院以為他失去意識，其實他沒。曾經央求兒子不要救他，不要再灌他營養品，兒子不肯。」

「他對你說了？」

「我看得出來。」

「為什麼投案？」

朱能德不再說話，不過順從地在所有需要他簽名蓋手印的文件一一照辦。

4

「面對死亡，人的脆弱超乎想像，無論多強健的人也有罩門，希臘英雄阿基里斯的罩門在腳踝，關公的罩門在剛愎，斯巴達國王列奧尼達一世的罩門在拒絕投降，他太想死了。」

事後昺法醫吃下姚巡官送的韭菜盒子所下的評語，那天昺法醫難得磨了當天送到的印尼麝香貓咖啡豆，耐心地沖，喝下第一口對姚巡官說：

「一磅幾千元，不怎麼樣，你當喝我回禮的誠意。」

——＊＊——

憨面沒請他喝咖啡，請他喝高粱，辣又爽口。

「查過你資料，四十四歲，比我長兩歲，得叫一聲大哥。」

姚巡官乾笑幾聲。

「怎麼發現祝老太太和蔡老先生被人謀殺？」

猶豫了一杯酒，想不出不能說的理由。

「看護說老太太死前心情很好，蔡老先生死前迴光返照，說你來了。」

「你來了？」

「老太太和朱能德講好，枕頭蒙上她臉還是忍不住掙扎。蔡老先生久病，我只能說死前有預感吧，搞不好見到什麼黑白無常，果然朱能德早將他列為練習對象。每張病床裝置了警鈴，他摸得到，死前一天恢復意識，當朱能德拔掉他氧氣罩和鼻胃管，他應該看見或至少感覺到，卻沒按下警鈴。你注意到沒，這家長照中心的警鈴裝在床沿，即使虛弱，病人仍摸得到。」

憨面沒問下去，筷子夾了豬肝又放下。

「想不想來市刑大？」

他笑笑。

「我們大隊長老倪篤定你不會來，說你個性敏感，受不了死亡。老姚，你爸也病了多年是吧？很難面對？未經過的人看不出老人死亡的漏洞，忘記哪個專家學者說的，每個老人都抱怨活太久，死不了，每個侍候老人的老人，內心也都有過父母早點死掉的期待，和他媽的孝不孝順無關。你我都接近照顧上一代的年紀了，人生呀，最大的福分是父母健康。」

他的微笑尚未散去，

「你怎麼看得出那些細節？」

「為我爸，看了不少長照中心、安養院，本來看設施看服務，後來看住在裡面的老人，他們快樂嗎？結果看出一個早就明白的道理，健康的人無論住哪裡都快樂，病痛在身的，住五星級旅館總統套房，五名看護侍候一樣不快樂。」

「這幾年提倡大家簽署放棄急救意願書。」

「憨面，過年我陪我爸吃飯，他敬我酒，兒子，念在四十多年感情，該下手時千萬別猶豫，弄得我半死不活，沒意思。」

「聽起來像三名老人對朱能德說的話。」

「就這意思。」

他們看著酒杯，很久很久憨面講了漫無邊際不知有無意義的話：

「我們不能不學習陪伴死亡，沒教材不好學，非實地體會不可。」

「珍惜。我爸樂觀，去醫院回來能講笑話，市刑大太忙，派出所輕鬆些，陪他的時間多。」

憨面舉起杯子，

「聽懂了。喝酒，敬姚爸爸永遠快樂。」

二〇二三年六月

1

天已亮，上學的、上班的，巷子裡變得熱鬧，阿嬸嬤不在門口，空著的藤椅上面躺了隻雜毛貓。社區前幾年盡是老人，如今多了幾對年輕夫婦，樓上傳出女人喊聲，一名中學生咬著吐司跑下樓。中年男子載妻女，小機車噗噗噗往幼稚園方向，不忘和黃阿伯揮手打招呼。便利商店自動門的叮咚聲不斷，即將退休的梁老師站在店前抬頭看天空，這是他每天習慣，懷疑中央氣象局的預報不準，總得自行對天色琢磨再三才決定帶不帶傘。

看來在當鋪前舉行法事太引人注意，黃阿伯往小傑腦門、腳底貼了符咒，兩名道友扶住兩腋往千歲宮急行。

「請咼法醫跟去看看，怕出意外。」黃阿伯多說了一句：「至少法醫也算醫師，比臨時找不到醫師好。」

里長伯長年來對黃阿伯的勸告，你，誇人就誇到底，不要誇了九十九句再補一句讓人聽了不舒服的話，前面九十九句白說不算，惹人討厭。黃阿伯沒忘記隨時提醒自己，但個性天生，忍不住又本性難移，幸好昺法醫這天心情不錯。還有一點，他對鄭傑生一家好奇到——用里長伯罵黃阿伯的話：就是忍不住。

黃阿伯有其冷靜一面，勉強平衡掉語言上的刻薄。他拉住慌張的羅曼：

「鎖了當鋪，馬上去台南普濟殿請紫微大帝神符，手機有電吧，上車和我聯絡。」

昺法醫有五十個不願意，卻不能不去千歲宮。羅曼有五百個問號，一個也不敢問。

「拿錢去，」黃阿伯塞了幾千元進羅曼口袋，「搭高鐵，我對你爸說。」

當羅曼想起得向學校請假，已經被黃阿伯甩進計程車，司機常在千歲宮後面停車休息，當然順便借用廁所，因此欠黃阿伯人情，不管羅曼理由千百種，他聽也不聽一路超速，不到二十分鐘已送客人到高鐵站。

「師公叫你上高鐵，快。」

司機已然是黃阿伯街頭監視器。

沒有選擇的羅曼坐進高鐵自由席，這天乘客不多，各自悶在椅背後吃早餐，羅曼想到居然忘記買早餐。不得不撥了黃阿伯手機，回他的是風聲、叫聲、氣喘聲：

「十分鐘後打來。」

聽到師父大喊：

「不能鬆手。」

黃阿伯收了手機，四名道友使足氣力抓小傑四肢，別說進千歲宮，小傑有如四肢釘在地面，一寸一分也無法前進。他們在宮前廣場和小傑體內的那個字拔河。

黃阿伯不信天底下有不怕太陽的妖魔鬼怪，捲袖子露出瘦弱兩手高舉八卦鏡將朝陽金色光芒照射至小傑額頭，

「孽障，還不滾開。」

小傑往上挺，從肚子開始用力往上挺，姿勢讓人懷疑肚內藏了電影《異形》裡的外太空怪物，四名粗壯道士滿頭大汗就是壓不住他。黃阿伯奔至小傑面前搖起法鈴，

「五府千歲法旨，速速退去。」

四名道友齊聲贊助：

「速速退去。」

是的，這天一早千歲宮前小店照例六點半開門做早餐生意，但客人不進店，全被廣場的畫面吸引，四周明明風和日麗，廣場中央盤旋一股絞著幾個十倍速移動人影的龍捲風，他們不曉得到底發生什麼事，搶著向五名有如被狂風吹得快飛離地面的道士聚攏，幾十支手機不忌葷素大口吞食四散飛揚的香灰。

某位網紅說的，驗證正港台灣人七大條件：

說得出鄭失敗是誰的媽媽、《悲情城市》的導演是誰、台南牛肉湯哪家最棒、國歌和國旗歌的差別、全壘打和高飛球的差別、安過太歲、看過宮廟乩童起乩。

前六項百分之九十台灣人比大拇指，看過乩童起乩的不到百分之十，眼前機會不可錯過，若黃阿伯十分鐘內消滅不了龍捲風，廣場勢必被趕來的看熱鬧人潮塞爆。

況且道士和惡鬼白天鬥法，傳上網贏得的讚保證勝過乩童踏仙步。

乩童阿草騎機車趕到，往千歲爺神像上香膜拜，幾名宮廟志工幫忙燒香，轉眼濃煙飄出宮，廣場拜天公的大香爐炸出星火，黃阿伯持插入黃符紙的七星劍往香爐繞了幾繞，轉頭對小傑高喊：

「五雷正法，收妖降魔。」

木劍重重擊在小傑腹部，四肢下垂身體又往上挺，黃阿伯一手捏訣蹦到半空，另一張符紙貼向小傑面門。

—— ** ——

高鐵上的羅曼打不通黃阿伯手機，打不通里長阿爸的，台北到台南，車行一個半小時，一晚上沒睡，他可以好好補眠，至少買個早餐安慰空虛的腸胃，不幸腎上腺素飆升，他睡不著也不餓。師父對付附身小傑的那個字，他去台南的任務是找到普濟殿求什麼天下第一的驅邪神符，怎麼找？

想。從台南的朋友想起，誰能在台南幫他忙？

他沒台南朋友，小月有，小月台南人，去年轉學台北，記得她大哥在中西區開咖啡館。滑出 Line 上的小月，他該進聊天室打字留言，或直接通話？靠，她正在上學途中，搞不好坐志明自以為屌的 YAMAHA 打檔機車，兩手抱志明灌五百瓶類固醇練半年的噁斃六塊肌。

小傑危急，他不能太挑剔志明，除了小月能找誰？

「這麼早，幹麼？」小月的聲音。

「台南有朋友嗎？」

「有啊。」

羅曼得救了，小月說她小學同學能幫忙，

「小傑沒事吧？你 FB 張寶琳，我小學同學正點喔，別肖想，明年她不是台大就是清大。」

台大清大是怎樣？沒進台大清大的乾脆直接進十八層地獄免得汙染空氣？羅曼做出決定，即使成績好斃，死也不進台清交。

師父為什麼不接手機？

——**——

小傑翻出眼白，四人總算拉住離開地面的身體，卻必須為控制小傑一同上下彈跳，黃阿伯一手斷劍，另一手破裂的八卦鏡。木劍於兩秒鐘前拍打小傑腹部，劍尖部分飛了出去，八卦鏡則於他請五雷正法時，鏡面裂出無數細紋。不僅如此，小傑體內冒出一股強大反彈力量，黃阿伯被震得退了七、八步。

「何方陰靈在此搞怪。」

乩童阿草打赤膊持雙刀踏著仙步搖擺於宮門臺階上。

「還不退下。」

千歲爺透過阿草發出高八度的命令，此時阿草額頭滴血，眼球上翻，兩把刀舞出銀光。

「北帝勅我令，書符驅鬼邪，敢有不伏者，押入酆都城。急急如律令。」黃阿伯也發出咒語。

眾目睽睽下，小傑彈得更高，四名道士抓不住了，被甩往不同方向，當阿草舉刀過頭，小傑張開兩爪凌空撲去。

「天羅地網！」

黃阿伯吼聲才落定，其他四名道士已爬起身，揑訣唸咒繞著扭成一團的小傑與阿草轉圈子，速度愈來愈快，晴空萬里，不遠的四獸山傳出一聲震耳雷鳴。

——**——

沉住氣。羅曼左手握住發抖的右手，到台南前必須想清楚去做什麼。得提醒師父通知普濟殿，不然誰會給他神符。思緒被手機震動打斷，張寶琳傳來：你是小月同學羅曼？幾點到台南？

有救了。羅曼想。

「感謝回覆，再三十分鐘到台南高鐵站。」

「小月說你是小道士，去當道士，腦霧。不是啦，我可以全程跟拍嗎，需要用紅外線鏡頭、熱源探測器嗎？」

她想幹麼？

「你抓鬼？」

她毫不顧忌說了那個字，看來不好相處。

——**——

黃阿伯抓一把空氣朝小傑擲去，

「再不退去，休怪吾手下無情。」

小傑趴地面，道士圍住，阿草對著天空揮舞雙刀。

「昺醫師，快來。」

看得合不攏嘴的昺法醫回過神衝進天羅地網，小傑兩腿抽搐，溼透衣褲淌出的汗水浸出地面一大片黑影。

從沒處理過中邪的病人，打開隨身緊急醫護包，以前老師教過他急救唯一準則：萬一想不出辦法，眼前的就是最好辦法。他比阿草手中的刀舉得更高，閃著陽光的針頭畫出一道銀色光芒筆直刺進小傑大臂。

「惡鬼怕打針？」黃阿伯問。

「沒人不怕打針，修正，我不相信鬼不怕打針。」

「什麼針？」

「鎮靜劑，等下我再檢查他心跳。小傑對藥物過敏嗎？」

黃阿伯沒回答。

「過敏也來不及。」昺法醫抽出針。

「接下來怎麼辦？」

「抬到宮廟陰涼地方，買運動飲料補充水分。」

「茶不行？對不起，昺法醫，我馬上買運動飲料。」黃阿伯對小店前的人群喊：

「運動飲料。」

粥店和豆漿店老闆已經揮起手轉身往廣場外的便利商店跑去。

「還有呢？」

「救護車。」

黃阿伯找出手機前，小傑醒了，昺法醫灌他一整瓶運動飲料，也許因此他的腿不再抽搐，有氣力開口說話。

「誰對我說話，在我耳朵裡說話。」

「說什麼？」黃阿伯擠開昺法醫。

「他呢。」

「別理，專心唸隨便什麼古文，分散那個字的注意力。」黃阿伯遞去豆漿和包子。

「別怕，你已經在宮廟內，所有惡鬼妖魔不敢進來。」

「不進來？附身的鬼去哪裡？」昺法醫問。

「陰氣重的地方。」

「廁所？」

「我道士，不是千歲爺，不要在我地盤講不三不四的話。」

「小傑沒事了？」

「難說。法醫，幫他檢查，心臟什麼的，他爸心肌梗塞死的。」

「查過，心跳正常。」

「我想辦法。」

黃阿伯跪在千歲爺神壇前，得先弄清附身的鬼什麼身分，什麼怨仇未解。

「送醫院。」昺法醫打斷他的祝禱。

「醫院沒用，你說他心跳、血壓正常，」

「做斷層、X光檢查。」

黃阿伯未理會，已經高舉一把香過頭，喃喃唸出咒語：

「天地玄宗，萬氣之根。廣修萬劫，證吾神通。三界內外，惟吾獨尊。體有金光，覆映吾身。視之不見，聽之不聞。包羅天地，養育群生。受持萬遍，身有光明。三界侍衛，五帝伺迎。」

——**——

羅曼跑下台南高鐵月臺的電扶梯，張寶琳很好認，會死人，羅曼對自己說。她穿牛仔短裙、白色小可愛，這種女生不可能念台大、清大，因為阿爸說過老天爺不會把所有好事放在同一個人身上，偏偏張寶琳把好事全霸占，像小傑老爸地下室侵占鄰居地下室的靈魂，別的女生怎麼活。

「普濟殿。」

「上車。」

她酷，連握手、自我介紹也省略。

「你去普濟殿拿神符？傳真、網路傳輸很快，特別跑來台南拿，真是的。」

「請神符，不是拿。我師父叫我來。」

「你師父是師公？」

「台北千歲宮鎮宮首席大法師。」

「聽起來功力很強。」

不能不幻想，他坐張寶琳的車後座，兩手抱她哪裡？

「坐好，兩手抓後面貨架。」

張寶琳騎車夠野，上半身往前傾，於是和羅曼形成V——不是V，倒寫的八，沒有碰觸的交集。

師父為什麼還不回電，小傑沒事？

2

「你那套治得了鬼？」昺法醫替小傑吊點滴。

黃阿伯看了神桌上的千歲爺一眼，

「談不上治，勸告罷了，人鬼分途，有些鬼搞不清，有些鬼積了怨恨，賴在陰陽邊界不肯走。我們唸的符咒無非告訴他們這裡不可待。」黃阿伯苦笑。

「灰色地帶，陰陽中間。」

「人死成了鬼，灰色地帶的鬼仍是鬼，麻煩在於他們不覺得自己是鬼。昺法醫總不能期望我們殺鬼吧。」

「死的人變成鬼，殺死鬼，鬼又變成什麼？」

「解開他們心結，化解怨氣，讓鬼明白他們是鬼，回歸自然。」

昺法醫哼了哼，有點腸胃不舒服。

——＊＊——

「常見的，醫師被鬼壓床過？」

「年輕時候，我認為白天太累，壓力到夜晚還沒解除，睡得不安穩罷了。」

「覺得有人壓上身體，喊不出聲，睜不開眼，用力推也推不走？」

昺法醫臉皮跳動，內心掙扎，顯然理智戰勝禮貌。

「黃師公，我學醫的，你說的鬼壓床在我們醫學裡稱為睡眠麻痺症，睡不好產生的錯覺。睡前情緒激動，太勞累，大腦未減緩反而加快活動速度，避免身體其他部分受到傷害，例如四肢做出超出承受範圍的踢呀扭啦，大腦自主性癱瘓我們的動作。這種癱瘓可能讓我們驚醒，這時大腦雖然醒了，全身肌肉仍停留在癱瘓之中。你想想，頭腦醒了，要提起手，手不聽使喚，要提起腳，發現腳不動，又是夜晚，大嫂睡你身旁，你發不出聲音喊她，內心恐慌，覺得屋裡有陰影，被誤解為鬼壓床了。」

「鬼是你睡眠不好的錯覺。」

「你這樣解釋，OK，也可以。」

「台北那家五星級旅館一樓大廳不是掛了大幅黃紙符咒。為什麼？」

昃法醫拿著蛋餅的手不動了。

「求心安。」

「心安？」

「宗教力量在於安定信徒情緒。」

「心安？」

昃法醫將剩下的蛋餅塞進嘴，以免被眼睛快冒出火的黃阿伯搶走。

——＊＊——

「小傑怎麼辦，驅走附身的什麼了？」

「擲三次杯，千歲爺賞三次蓋杯，那個字沒走，暫時壓制。進了宮廟，小傑安全。」黃阿伯撿起七星劍，「你不信，問什麼問？」

「求個心安。」

黃阿伯瞪油光滿面的昊法醫，心生畏懼令科學也有謙卑的時候。

「科學家信上帝、菩薩的很多，科學和宗教不衝突。」

「又不衝突了？」

「Peace.」昊法醫比個手勢。「小傑不能老窩在宮廟。」

黃阿伯兩隻三角眼盯住昊法醫不放，

「窩？宮廟不養小狗小貓，不是窩。」

「失言，小傑不能一直由千歲爺庇護，我們醫師的說法，救命靠醫師，保命靠自己。」

「化解，科學有化解的辦法？說來聽聽。」

昊法醫問得極低姿態：

「我對鬼魂雖有意見，可是相信靈魂。賞杯茶如何？」

——＊＊——

「二十世紀初一位美國醫師做了前衛實驗，把快死的人安放在精密的體重機上，隨時監視病人體重變化。病人斷氣的剎那體重機出現明顯變化，秤上數字少了二十一公克，他推斷人死亡瞬間靈魂脫殼而出，因此屍體少了二十一公克，證明靈魂的存在。」

昊法醫喝了茶，太燙。

「你的靈魂和我們通常說的鬼不見得同一回事。」
「靈魂不是鬼，那你們的鬼從哪裡來？」
「人死了，他的魂，我說的是魂，未必是你說的靈魂。」
「你說。」
「游離於陰陽中間的魂有的不礙事，徬徨，流浪，直到接受神明招引，安心轉世投胎。有的忘不了生前仇恨，躲避招引，累積怨懟變成厲鬼。神明與鬼是種平衡，目的無非安撫人世間無盡的冤怨，是善和惡、是與非的另一面貌。」
「怨恨而不肯走的魂才是鬼？」
「有的走不了。」
「有意思，你說。」
昺法醫眼神發亮，
「欠下債務，天地不收。」
「死都死了還欠什麼債務。」
「人情、虧心事，壓得太重，魂走不掉。」
「剩下二十一克的靈魂，能背幾斤虧心事？」
黃阿伯翻起白眼，還好他尊重昺法醫救了小傑。
「鬼找當鋪，原因不明，小傑認為他們來贖典當物品，把東西還他們，不是不收利息了嘛，他們為何死纏不放。」

「典當物是表象，小傑必須找出背後原因。」

「不能請托塔天王把討債鬼鎮壓在他的寶塔底下？」

「三十三天玲瓏寶塔，李天王職責是降妖，不是抓鬼。鬼無形無體，我們看到的是虛像。」

「3D投影了。」

「3D啥，你反正不信。」

「不，有次我解剖一具屍體，檢驗完找出死因，中毒，說也奇怪，屍體像吐口氣，鬆了。屍體經過一段時間的確會鬆弛，沒見過一下子鬆的。人體不可知的範圍仍大，我抱持開放態度，恰好認識師公你。」

「不用客氣，相識不如不認識。」

「換個角度，讓信徒心安，化解鬼魂閉鎖的心情，師公你做善事。」

黃阿伯殺氣騰騰的口氣總算和緩許多，

「誇獎我？」

「阿彌陀佛。」

「你搞不清道教和佛教的差別？」

——**——

羅曼請領到神符，上面一個字或三個字：雨漸耳。

師父教過，這是至高無上的神符，羅曼恭敬地上香禮拜收下黃紙符咒，謝過廟祝即上了張寶琳的機車，一路急駛回高鐵站，因為她問了很多問題，羅曼不得不貼到她背心回答，忽然張寶琳緊急剎車——幹，羅曼縮緊小腹。

「你拿到的符為什麼寫雨漸耳？」

「其實是一個字，連在一起唸成漸或者聃，或者耳。」

「什麼意思？」

「其實是兩個字。」

「到底幾個字？」

「雨和漸耳，漸耳連在一起，所以雨聻是兩個字。」

「你剛才不是說一個字？」

「很複雜。我師父說雨聻是紫微大帝的名字，紫微大帝又叫北極大帝。」

「我知道，就是北極真武大帝。」

要是師父聽到，一定說張寶琳有慧根。有慧根又怎樣，本來身材逼死人，現在問的問題再想憋死人。

「反正紫微大帝的名字當成符咒，雨代表雷，雷專門劈那個字，聻也是鬼，就是漸下面一個那個字，人死了變成那個字，道教裡對付那個字，這道符最有用。」

「哪個字？」

「就是那個字。」

羅曼很想下車，不過張寶琳身上的香味實在很補，對十七歲仍沒女友的男生而言，大補特補。

「你不敢講鬼那個字喔。」

「不是不敢，是不可以講。」

「講了會怎樣？」

「講了就破功。」

「破什麼功？」

還好一輛大貨車駛過，噪音夠大。

「人死了以後，不是和尚、道士超渡嗎？就沒有鬼了。」張寶琳沒放棄。

「有些沒被超渡到吧。」羅曼是個學養不足的心虛小道士。

「可以做個實驗。」

「什麼實驗？」

「守在快死的人旁邊，將死未死之際你們道士就作法，拿什麼照妖鏡照他的靈魂。」

「我問師父。」

「今天，你看新聞沒，殺死三個老人的凶手判處死刑，今天晚上處決。」

「什麼凶手？」

「很多人反對判他死刑的那個——新聞說他是慈悲的罪惡。」

羅曼渾身雞皮疙瘩，想起來，網路天天討論。

「今天執行死刑？」

「對，殺人罪啊，謀財殺人，凶手搶長照中心老人的東西，兩年了，警察還沒找到被偷的遺物。」

「哪種遺物？」

「什麼金兔子和戒指。」

轟，羅曼體會師父發出的五雷轟頂符咒。

戒指！

「快，我得趕回台北。」

——＊＊——

小傑手機響了，接近中午陽氣正烈，來電者名字是「愛你喔」。黃阿伯認了陰魂能在白天作祟的事實，不肯相信他們強大到懂打電話。

「你電話，開擴音。」

小傑接過手機，喊出一句話讓所有人放下升到喉嚨的心臟。

「媽喔，我很好，妳明天幾點到？松山機場，我去接。隨便妳買，草莓大福台北很多店賣，里長愛日本酒，里長婆愛長崎蛋糕，黃阿伯愛什麼？」

「我孫女愛北海道巧克力。」

隨小傑母親即將來台北，黃阿伯面對新問題，原本不是他的問題，昺法醫提出，馬上變成考驗黃阿伯鬼神學識的問題。

如果附小傑身的鬼魂跟他一起去日本，鬼能搭飛機？到了日本照樣糾纏小傑不放？如果鬼魂去日本照樣糾纏，日本神道教還是佛教有驅鬼法師？台灣道士是否該像醫師寫國際診斷證明書，黃阿伯寫明症狀，蓋千歲爺官印，由小傑母親交給日本道士？

如果日本道士法力強大，抓住的鬼魂該不該送回台灣，還是留在日本寺院神社鎮壓、化解？

日本有道士嗎？至少電視上看過日本有陰陽師。

最迫切待解決的，如果鬼魂在飛機上鬧事，該由台灣道士陪同登機以便驅鬼，不然影響飛安怎麼辦？

「今天之內解決。」黃阿伯充滿豪氣地回答。

「何時、何地、由誰、怎麼解決？」昺法醫追問。

「小傑不能一直住千爺宮，我們回鄭記當鋪，今天晚上，由奉請千歲爺庇佑的我一次解決。」

「聽起來不錯，」昜法醫點頭，「我回去準備。」

「你準備什麼？」

「藥品和急救器具。黃道長，請問你血壓高不高，心臟裝過支架，有什麼慢性疾病嗎？」

黃阿伯確認昜法醫絕不像外表的祥和，幾分鐘前的誇獎根本是諷刺，歹逗陣的人。

——＊＊——

黃阿伯累了，大量補充體力，他吃大碗虱目魚米粉，逼小傑吃雙荷包蛋大碗魯肉飯。

「耳朵聽到什麼？」

「聽不懂，電訊雜亂，高頻低頻音太多。」

「插播，搭錯線？」

「好幾個人講話，男的女的，滴水聲，風聲。」

「別理會。」

「阿伯，你見過那個字？」

「見過，七歲撞到，我爸媽送我進千歲宮請走那個字，不然不會當師公。」

「原來如此，後來你怎麼趕走那個字？」

「不是趕，請走。我師父找到他的墓地，燒紙錢。」

「沒唸咒？」

「唸咒不如溝通。你提醒了我，我今天晚上設法和他們溝通。」

「可是那個字已經讓我和羅曼害怕。」

「叫做越界，他們犯的錯誤只是越界。」

「懂，阿伯，人類登陸月球，派太空船進外太空，外星人覺得揪賭爛。」

「越界。」

「學校老師說好奇是人類進步的原動力。」

「好奇得付出代價，看付出自己的代價還是別人的代價。」

「哥倫布害死美洲原住民那樣？」

黃阿伯捧碗喝下最後一口湯，發出嘖嘖聲，

「有念歷史喔。你和羅曼十七歲已經比我懂得多了。吃完魯肉飯，養好精神，晚上和他們決鬥。」

「怎麼決鬥？我不懂符咒。」

「上次給你的香包袋？」

小傑撩起上衣，裝了六角形小黃符的香包袋繫在褲腰上。

「這個？」

「記得你抓你爸的三魂七魄吧。」

「在裡面。」他看著手掌中間小小的香包袋。

「昺法醫說的那個什麼二十一克。」

「你秤過？」

黃阿伯打個噴嚏，捏捏鼻子，

「相信，少年仔，你爸和神明在你心中。」

小傑比出瓦肯人手勢，卻說出《星際大戰》台詞：

「May the Force be with me.」

第五章

刑法二七一條與二七五條

生辰八字

二〇二一年七月

朱能德連續殺人案引發的後續反應可以用海嘯比喻，因證據確鑿與凶嫌承認犯行，檢察官很快起訴，法院也於一個月後開庭，相關人等之外擠滿媒體與旁聽民眾。被告穿起縐的西服，未打領帶坐在中央被告席，庭訊開始沒多久即由被告陳述，畢竟他除了是被告，還是主要證人。法庭內頓時鴉雀無聲，他站起身，兩手抹平上衣，向檢察官與辯護律師點頭致意，再向三名法官鞠躬，右手握拳遮住嘴輕咳一聲，開始有條不紊說明殺人動機。

「之前不認識他們，殺他們在於解除老人的痛苦。凶器是我的兩隻手，用枕頭為臨時起意。動手前我對祝阿嬷和蔡阿伯說過，」

所有人聽得瞪大眼睛。

「我對他們說，我動手了，可以嗎？」

檢察官顯得不高興，舉手打斷朱能德的話，

「第一名死者呢？那位被你掐死的林先生。」

「他每天唸讓我死吧，我問他要不要幫他死。」朱能德短暫停頓，

「他說，讓我死吧。」

檢察官向書記官比個請的手勢，

「老人的囈語，林先生並未同意你殺他。」

書記官面無表情繼續打字。

辯護律師不甘示弱，

「審判長，檢方妄下結論。」

法官未理會，

「朱能德，說完。」

——＊＊——

「我母親長期臥病，我曉得他們的痛苦。你們能體會神智清晰卻不能行動的折磨？我媽沒力氣說話，手顫抖不停無法寫字，我們靠眼神溝通，她想要喝水，看杯子，想要坐起身，看天花板。我把她用得到的日用品排在床邊茶几，這樣她容易表達，我容易了解。有天她的病況稍好，對我耳朵說了比較長的話，你們想聽嗎？

「她說，我的靈魂好像封鎖在柵欄裡，看得到外面世界，卻摸不到。我抓她的手摸我的臉，手抖得我以為臉上的肉快一片片掉下來。

「我怕，不是怕死，人生下來就知道結局是死亡，我不怕死，怕我的記憶不見了。她年輕時是美人，我們感情好，可是有天我突然想不起她以前的樣子，嚇得我去找照片。老天，我必須每天看以前的照片免得忘記我媽，她不是就躺在我旁邊房間裡的床上嗎！

「我怕她不見了，怕以後我想到她，只剩下她躺在床上的樣子。」

他吸鼻子，法警送去衛生紙，他發出驚人的擤鼻水聲。

——＊＊——

「她是世界的旁觀者，很小的世界，她的房間，她的床，可是以前她是旅行社領隊，看過外面那個大的世界。

「只能旁觀，不能參與。她比死更痛苦，死是結束，活則每天每小時每分鐘嘲笑她。

「死亡，原來那麼漫長，長到讓人忘記活著的幾十年美好歲月。我媽說，她這麼說，

「阿德，我受夠了。」

法庭安靜得剩下冷氣機出風口的聲音。

——＊＊——

「我三十歲公司辦員工健診，檢查出白血球過多。不懂數字代表疾病還是如同體重過重的一種警告數字，醫師解釋我才明白，原來我經常發燒不是季節性感冒，我流鼻血不是天氣太乾，骨頭痠痛不是運動過度。我根本是個看上去不像，實際上根本就是的瓷器寶

寶，別人感冒三五天，我一拖好幾個月。為什麼白血球過多，我該怎麼辦？接著一連串檢查，醫師應該為找到原因感到高興，血癌。

「血癌成人治癒率大約二至三成，看數字像職棒球員打擊率，打擊力不錯？醫師應該反過來告訴我，死亡率七到八成。

「法官，你們看過嗶嗶鳥和威利狼的卡通？威利狼一心獵捕快腿嗶嗶鳥，可是不管多努力也沒用。有次追嗶嗶鳥，沒想到急轉彎沒轉過去摔下懸崖，嗶嗶鳥丟繩子救他，威利狼抓到繩子正覺得得救了，結果他抓的是引信點燃的炸藥。爆炸後他燒得漆黑往下跌落，撞到突起的鋒利岩石，再往下落，公路上急駛的卡車撞個正著，他撞飛到空中，飛機引擎對他噴火，小鳥朝他拉屎，終於他落到一片屬於天堂的美麗草地，一輛堆土機把他壓得扁平。都看過對不對，很好笑對不對，至少我每次看每次笑。法官，我是威利狼，甚至是不追嗶嗶鳥，吃素的威利狼。

「不，我不想用我的倒楣贏得你們同情，我要說的是，化療剛進行，我的腎出了問題，醫師叫我洗腎，鼓勵我好好治療能多活幾年。沒多久我媽媽躺下，上帝存心製造威利狼當笑料，我該因此感謝上帝，死過千百次依然要自己好好活下去，為了討好嗶嗶鳥？

「我活下去是怕我媽沒人照顧，你們知道嘛，我猜她心裡清楚，我們母子，比·賽·誰·先·死。」

法官打斷他的話：

「你可以喝口水，慢慢說。」

法警替他撕掉寶特瓶封膜、扭開瓶蓋、倒進玻璃杯，有如宗教儀式，不能忽略細微的過程。

他沒喝水。

「檢察官說我殺人是為了練習殺母親，沒錯，本來我這麼想，兩手掐住只剩下皺成一團皮膚的脖子……

「原來死亡可以不必忍受漫長的過程，一把拉掉那些管線更簡單。長照中心的阿伯和阿嬤老是說他們想早點死，我想何不幫他們，不困難，枕頭按在老太太臉上，她反抗的力量微弱，比掐死小貓還容易。

「我掐死過小貓和小狗，我媽脖子遠比小狗更細。」

室內浮出焦躁的窸窣聲。

「醫師說我可以再活幾年。

「再活幾年的意思是我隨時可能死，免疫力太差，如果染上流感、新冠肺炎什麼的，馬上躺下等別人處理我，由他們決定封鎖我靈魂多少年。那不叫多活幾年，叫多痛苦幾年。」

他喝了水。

**

檢察官沒放過他，

「他們同意你殺他們，有證據嗎？」

朱能德看向設在審判長席旁的螢幕，

「長照中心的錄影，你們看到我站在床邊和他們講話。我殺了他們，而且明知監視器拍下整個過程，希望警察逮捕我。」

辯護律師忽然對朱能德喊：

「你為什麼去市刑大投案？」

「我殺了三個人，一定死罪。投案那天我想用枕頭悶死我媽，這樣我死了才能安心，不然不知哪天我死了誰照顧她。我下不了手，但我已經非死不可。」

「法官，我有罪，請判我死刑，愈早執行愈好。」

**

一直沉默的審判長看似思考很久才開口：

「你為什麼非死不可？」

「我答應過他們。」

「答應誰？」

朱能德未回答，掉頭看一眼身後的椅子，放下玻璃杯，緩緩坐下，兩手擱在大腿。

——＊＊——

輪到公設辯護人，年紀輕，律師服下露出可能買了以後從未洗過的白色運動鞋。

「被告朱能德承認殺人，我不反駁檢方證據，他的確協助殺人，但在死者同意乃至於授意下進行，三名死者都不能自主生活，距離死亡的日子有限，他們期盼死亡。審判長警告過我不准提出煽情的證人，我想審判長說的是朱能德重病的母親。如果我請她為證人，各位將看到病床，不是輪椅，病床被推進法庭，你們將聽到朱媽媽發出不準確注音符號組成的證詞，我替她說，朱能德已經說過，我受夠了，讓我死。」

——＊＊——

法庭攻防重心轉為刑法二七一條的殺人罪與二七五條的受他人囑咐殺人罪，前者死刑、無期徒刑、十年以上有期徒刑，後者內容為「受他人囑託或得其承諾而殺之者」，也稱安樂死條例，刑罰輕多了，一年以上七年以下有期徒刑。

朱能德的辯護律師由法院指派，他不肯自聘，未說明理由。檢方放大擷取自長照中心錄影檔案的照片，依稀看得出拔除維生系統管線前，蔡先生嘴巴一再扭動，經專家判定為他可能說「等一下，等一下」，朱能德沒等；祝老太太摳傷他手臂，指甲內留下的ＤＮＡ足以比對朱能德的。既然有證據顯示至少兩名被害人於死前反悔，能構成二七五條的受他人囑咐殺人罪嗎？

二〇二二年二月

「看，早該修法建立陪審團制度。我法醫，我找出的證據得和刑事警察的吻合，得檢察官接受，最後送上法庭，更得法官老頭認可。你警察，攔車檢驗酒駕依規定錄下過程，提出酒測數字，到了警局，搞不好被立委、議員什麼的找局長、副局長搓掉。搜集證據到判刑，多長的距離，不比馬拉松短，憑什麼法官老傢伙幾個湊一起咬咬耳朵就定罪。」

姚巡官覺得今天的咖啡比以前的差，苦味太重。

「判了死刑，多不負責任。擔心朱能德再犯？媽的關起來，關個二十年。我們司法不是講究矯正教育，矯正啊，他又不是窮凶惡極抓把斧頭滿街砍的恐怖分子。死刑，我們用一百年前的槍決，惹全世界看笑話，乾脆搞個絞刑、砍頭，收視率更高。」

咼法醫今天犯了個錯，沖咖啡的水太燙，太急，可見他火氣大。

「速審速決，為什麼？廢死和反廢死團體已經在景福門前鬧了一個月多，媒體用了個什麼名詞？」

「動搖國本。」姚巡官說。

「我們的國本那麼不禁搖？多花點時間討論不行？總統呢，他有特赦權，他怎麼說？」

「尊重司法。」姚巡官說。

「多冠冕堂皇，多義正辭嚴，你怎麼說？」

「不予置評。」姚巡官不能不說。

「你呀，和那票搞政治的一個德性，假裝公正，假裝你他媽是聖人，台灣就是你們這種人太多了，凡事不表態，又看不起別人的言論。」

昺法醫吃了口姚巡官從福利麵包店帶來的丹麥吐司，

「懷念的味道。小姚，你連買麵包都假中立，明明知道我愛甜的，你不買蛋糕，買甜麵包，表示你關心我血糖？下次黑森林，懂嗎？」

他三口吞了吐司，喝了果然燙嘴的咖啡，

「和鳥玩意的麝香貓咖啡一樣，假掰，咖啡豆非讓貓吃了拉出來，否則不香。我今天沖得不錯，柔順，喝得出水果酸味。」

「昺法醫，你看過精神科嗎？」姚巡官主動說。

「說話一次說清楚。」

「人格分裂。我說我，小警察，如果每天表達自己的意見，馬上變成不快樂的小警察，為了當個快樂的小警察，我盡力做好該我做的事，偉大的決定由偉大的長官傷腦筋。

我當然贊成廢死，可是看到以前逮捕的神經殺手順風仔居然只要服刑十五年，百分之百，他出獄還會殺人，就順風仔這個案子，我又當然反對廢死。你覺得我沒主見，我是爛好人？你也可以不予置評。」

——＊＊——

朱能德連續殺人案引發長年以來的廢死爭論，支持廢死者以他為例，受人委託而殺之，死者均在七十歲以上，均罹患無法治癒的慢性疾病，均臥床多年，朱能德受人之託，和一般為仇恨為金錢殺人者不同。支持死刑的認為朱能德是特例，但法不可因個人而廢。

上升至政治問題，媒體攤開歷任總統執行死刑的次數，重新檢視被執行的死者惡行。

全台民眾關注的眼神下，法庭判處朱能德死刑，可以上訴。朱能德拒絕上訴，由法院代其上訴，二審三審以罕見的速度進行，三審確定，死刑，主要理由在被告朱能德表示若有必要，他仍會殺死無求生意志的重病患者，因此法院不能不認定他毫無悔意。

有無悔意是拿捏判刑的重要根據。

——＊＊——

「為什麼不能判死緩，交醫學單位設法矯正他偏激的思想？」

昺法醫吃了最後一片吐司，抬起衣袖抹了嘴，替姚巡官倒了半杯終於涼掉的咖啡。

「我們社會最大問題就是保持中立，不肯表示態度的公民太多，怕講出來有損身分。對，我說的還是你。等到投票用選票表示立場？聽你放屁，有膽子當我面說你支持判朱能德死刑。」

姚巡官忍住。

「奇怪，我的花生米呢？」

眄法醫翹屁股翻櫃子，拎出一包花生米，他舉起袋子罵：

「花生米也一樣，明明巴不得我開封把你啃了，東躲西藏，這樣你比瓜子的身分珍貴。小姚，澎湖花生米，市刑大老倪送的，討人厭的傢伙，啃了當報仇。」

姚巡官沒想通為什麼報仇？他和花生米一向無冤無仇，和倪大隊長也只見過一次面。

「不逼你，換個問題，你支持廢核嗎？」

沒想過。他點點頭。

「標準假掰中間選民。我算給你聽，日本三一一地震，毀了福島核電廠，民間主張廢核的聲浪高得能淹過總統府。好了，廢核吧，現在歐洲主張核能比起燃油、煤炭要乾淨多了，廢核聲音小到聽不見，反倒是支持核能發電成了主流。你說你支持廢核，操，你拿什麼發電？」

姚巡官選擇花生米。

「總統不願對特赦表態，推給司法，廢死聲量太大，乾脆辦場公投，辦公投得先通過簽名支持的門檻，兩三年以後的事情了。到時沒人記得上任總統是誰，更別說朱能德。」

姚巡官同意花生米香脆爽口。

「你不說話，小姚，就朱能德的議題，你和我差別在年紀，我快接近該死不死的年紀，你呢，停留在還不該死的階段。」

他提出一瓶喝了一半的威士忌，

「二十五年蘇格蘭單麥威士忌，貴死人，早三十年誰喝威士忌年分，有瓶黑牌還是野火雞大家喝得爽斃。為什麼？我這一代喝酒圖的是爽，你們這代收入增高，日子過得好，他媽的喝酒喝身分。」

姚巡官決定趁髩法醫上廁所時開溜，今天不該來。

——＊＊——

考驗總統的道德尺度與司法決心，不過都與姚巡官沒關係，警政署記了他小功，憨面請他喝了一攤酒，派出所所長問他願不願意調去市刑大。考驗姚巡官對未來職場生涯的規畫，與他家人的期待。

決定先做一件事，買了水果送長照中心那位劉姓看護，她受到不小驚嚇，離職了。又一名離職看護。不能不想，如果自己老了，重病，請不到看護怎麼是好？髩法醫錯了，二十五年的威士忌和野火雞，喝的都是爽。價錢雖不同，追求的效果一致。

還有一件事，憨面的請託：

「老姚，督察室打我官腔，三名死者失蹤的遺物下落不明，你管區，幫忙問問長照中心，家屬說不值什麼錢，能找回來最好，畢竟是紀念品。」

三人各遺失一樣帶到長照中心的貼身物品。兔子形狀金飾，晚輩多年前送給祝老太太的生日禮物，如今晚輩全在美國，她剩下想念。林老先生生前常用的毛筆，以為進了長照中心有機會練書法，從沒用過。蔡老先生的結婚戒指，不是他的，他的早不見，老婆的，蔡老太太七十歲起體重快速減輕，有天戒指掉出手指，他撿起便一直隨身攜帶。

長照中心尷尬地表示他們找了很久，沒找到，調監視器錄影，沒看到。院長賠不是地說，毛筆大概沒人想偷，那枚戒指幾千元，不值得偷，唯一兔子金飾亮晶晶，價值也有限，他問遍現職與去職看護和清潔人員，都沒見過。

中午，騎車經過不遠處的小吃店，吃碗祝老太太臨終的餛飩麵，順口問他們是 Uber 合作餐館嗎，老闆一口否認：

「小店收入有限，再讓 Uber 抽，寧可關店回家睡覺。」

「長照中心告訴我，Uber 送你們家的食物給病患。」

「你說被謀殺的那位老太太？不是 Uber，有位洗腎的病人幫她買的，兩人感情好，像母子。老太太免疫力差，不敢出醫院，都他買了帶去。聊過幾句，人不錯，愛吃炸醬麵和餛飩湯。」

「我也來炸醬麵和餛飩湯。」

祝老太太和朱能德感情深，莫非她將金飾送給朱能德了？

還是，朱能德每次殺人收取代價，不是金錢代價，感情代價，諸如白金結婚戒指和毛筆。

他撥手機給憨面：

「給我朱能德家的地址，我去一趟。」

「朱能德偷的？」

「應該不是偷，某種信物。」

「不懂。」

「三名死者拜託朱能德殺他們，送的謝禮，可以說是感恩禮物。」

「你不會想找出新的證物替朱能德非常上訴吧？」

「沒那麼大野心，長官你要求的，事情得收尾。」

「收尾。」

二〇二三年六月

高鐵上羅曼盯著手機螢幕不放，死刑犯朱能德今晚執行槍決，他殺死三名老人，其中一人的家屬向警方表示遺物中少了婚戒，不是他的，是他妻子的。家屬對此非常在意，希望警方調查。

婚戒，是那天他摸到的戒指？小傑老爸老朋友典當的小布袋裡的戒指？

今晚槍決，幾點？

朱能德和找上圓框鄭的那個字有關係嗎？

他心急如焚，車子過了新竹，還有半個小時。

—— ** ——

昺法醫回相驗暨解剖中心準備急救器材，才進辦公室即接到電話，今晚台北看守所執行死刑，需要法醫現場勘驗。

「死者姓名？」他問。

「朱能德。」

心臟一揪。

「你說那名長照中心殺手？」

「是，請昺法醫調一名法醫到看守所，下午五點，全程需要法醫作證。」

收了手機，他壓抑衝動的心情，磨咖啡豆，燒開水，打開冰箱找點心。不該喝咖啡吃甜點，接近晚餐時間，該過辛亥隧道去興隆路吃碗餛飩麵。

咖啡豆磨好未沖，水燒開擺著，他沒去興隆路，完全忘記餛飩麵，他對手機說：

「姚巡官，好久不見，先別哈啦，今天晚上槍決朱能德，你去嗎？我不去，輪到另一名法醫。什麼，你得找到朱能德的生辰八字，他不肯說？他拒絕被招魂？天下事無奇不有，竟然有拒絕被招魂的。我看他沒有宗教信仰，怕被道士騙了靈魂賣到柬埔寨當詐騙集團的奴工。」

昺法醫揮著未持手機的一隻手大吼：

「等等，大部分人死後請道士招魂是什麼道理？怕他們找不到回家的路？道士引他們走上奈何橋轉世投胎？沒生辰八字不行？」

腦中閃過黃師公研究的一張紙條，不知名人士的生辰八字，典當在鄭傑生父親的當鋪。

「等等，問你一件事，招魂還需要什麼——重要的遺物？死者與陽間最後一線牽掛的遺物？」

第六章

時間的遺忘與記憶

下一個宇宙和下下個宇宙

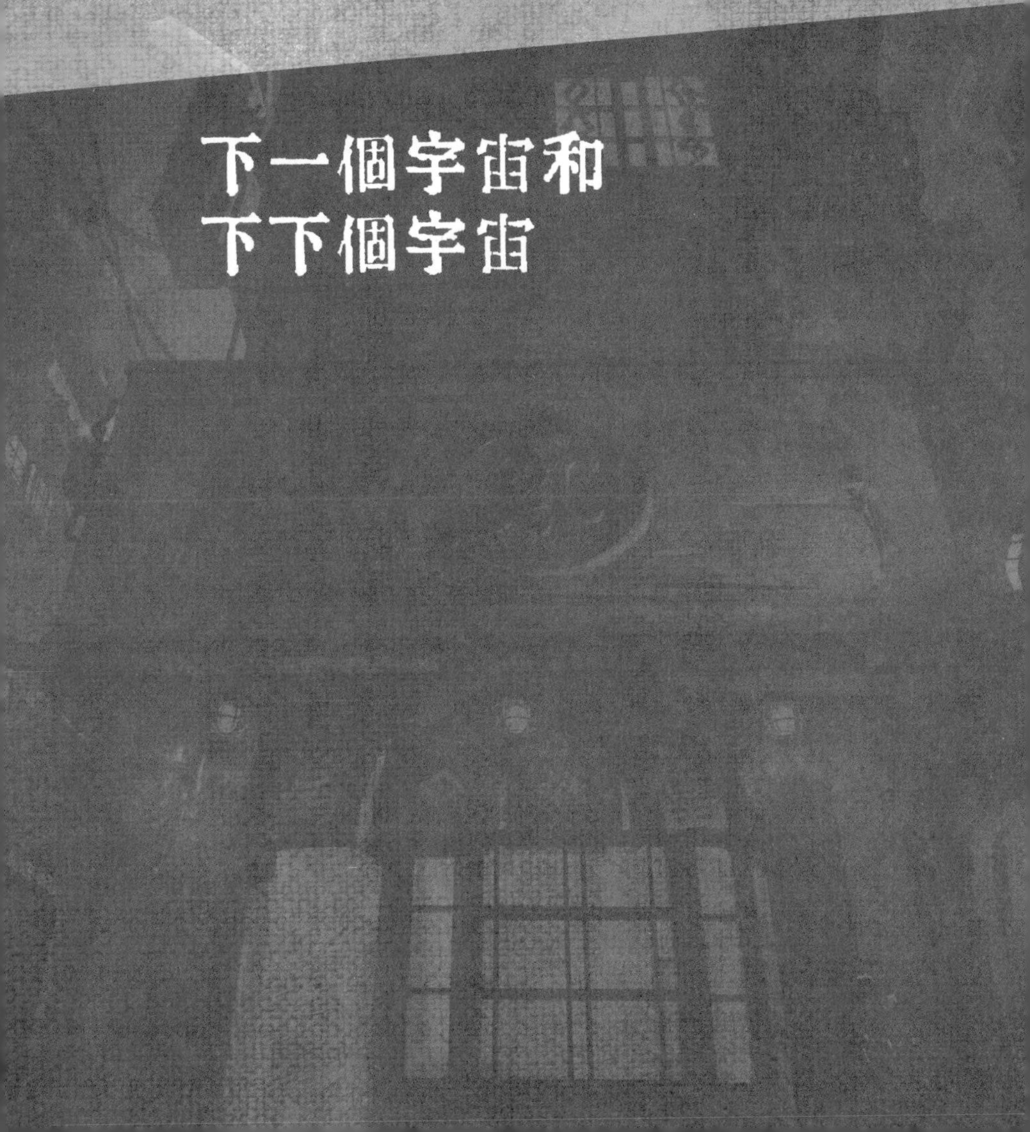

二〇二三年六月十七日・姚巡官

所有營救朱能德的行動於事發兩年後宣告失敗，主因為朱能德不再開口，對律師如此，對法官如此，廢死團體派人想與他溝通也遭拒絕。據看守所表示，朱能德為重刑犯，關單人囚室，不挑剔食物，不和獄方對話，法務部曾請和尚、道士、心理醫師探視，全吃閉門羹。

檢方不在意他開不開口，罪證明確，第一次開庭朱能德已承認他殺了三名老人，凶器為徒手、枕頭，動機為解除老人的痛苦。辯護律師無異議，只能重複提出刑法二七五條，也就是俗稱的安樂死刑罰。殺人罪上了法庭，「人」不見了，剩下「殺」。

市政府社會局擔心朱能德久病的母親缺少照顧，主動將她移往市立醫院，一天二十四小時由專業人員留意所有生命指數，既然無法關注朱能德，同情的力量轉向孤苦無依的朱媽媽。

慶幸的是朱媽媽大概不知道兒子殺了人，或者無力表達她的驚訝或悲傷，她是負傷的戰士，摀著傷口看倒落於戰場的十字架。

促成總統下令執行死刑的倒不僅是尊重司法這類官腔官調，祝老太太遠在美國已兩年不曾探視過母親的兒子聘請律師控告朱能德殺人，刑事部分早與公訴殺人罪合併處理，民事部分要求賠償一百萬美元。他習慣用金錢計算憤怒的程度，一如世人用汽車、房子衡量成功與否。

一下子，廢死、反廢死支持者明白他們不能繼續用長照中心連續殺人案為訴求對象，死者家屬才是最大受害者，而這位家屬急著將仇恨數字化。他的律師在幾十根麥克風前讀新聞稿，最後抬起頭檢查麥克風還在不在嘴前似的，低頭補充一句：

「自古以來最起碼的正義，殺人償命。」

另兩名死者的家屬在記者追蹤、調查下，被影射為久病無孝子的不孝子，他們不敢寬恕凶手，免得更不孝，不敢強烈要求死刑判決，因為網路討論安養院是子女回報養育之恩的終點線嗎？

長照中心連續殺人案揭露道德模糊標準的焦慮，眼看快升級為世代衝突。為平息社會日趨對立的激烈情緒，顯然趕緊處理掉朱能德是最好的辦法。

總統府發言人發表前半段刺激淚水，後半段不知所云的總統態度，唯一重點是贊成廢死，但不縱容犯罪。經多方學者解讀，特赦不可能了。

六月十六日，法務部宣告翌日執行死刑。

姚巡官未轉調市刑大，妻子反對是原因之一，四十多歲的二線一星小巡官不可能期望於警界有何偉大前途，待在派出所是安靜的——或者該說平靜的選擇。

追查死者遺物，由於家屬成天被媒體追逐早已疲憊，再說戒指、毛筆、小金飾不值什麼錢，以前堅持的「紀念性」要求，隨時間淡逝。他懂，退休的老長官，刑事局反黑科伍副科長曾經用故作輕鬆口氣教育過新進警員，時間之於警員，以案子為計算單位，破案的，處理完的，這段時間才算過去，使很多刑警陷在停滯的時間之中，不健康。記得伍長官嚴肅告誡他們，時間有兩種主要作用，一是遺忘，一是記憶，極其矛盾，但絕對忠誠地存在。做人，學會該遺忘即遺忘，該記憶則記憶，不可與過去糾葛過深。

「時間不是你老婆，」記得伍長官這麼說，「別死抱著不放。」

市刑大憨面沒追問遺物追查進度，應該屬於時間發揮了遺忘作用，朱能德連續殺人案結案，憨面前進了。死者家屬不再要求找回失物，他們認為該讓死者退出，日常生活得回復往前運行的軌道，姚巡官怎能獨自停留。朱能德引發的廢死爭議不聲不響消失，警察面對每天不同的案子。媒體各顯神通，各自獨家報導死刑犯最後晚餐的內容。

至少姚巡官的早餐不勞記者費心猜測，一碗麥片一顆水煮蛋，老婆認為既能降低膽固醇，也能鞏固蛋白質。甩開連續殺人案，派出所業務比往常繁雜，棘手的是排山倒海而來的詐騙案，從電話詐騙到網路詐騙，一早起來已接獲三起報案，眼前是第四起，他耐住性子請驚慌的婦人坐下，

「他說轉帳不成功，叫我傳密碼過去，我傳了，他是銀行，我不該相信銀行嗎？」婦人氣吼吼。

手機螢幕上的詐騙網站和銀行入口網頁的確很像，這時接受報案的警員必須保持和善表情，語調不可輕佻免得刺激受害人。三項準則：

不可說你自己傳密碼給詐騙集團，我們警察能怎麼辦。

不必說想拿回被騙金錢的機率近乎零。

不用說還有什麼需要我們服務的嗎？警察沒那麼強大。

根據統計，逮到詐騙分子並取回金錢的比例低於百分之三，到手的錢早幾經轉帳不知轉到哪裡去了。

因而姚巡官等待婦人檢視他列印出的報案單，抽空接了昺法醫電話，面帶微笑，口氣穩得像神壇上的關聖帝君，裊裊輕煙繞金身，

「水煎包，這時間八成賣光了，我帶蚵仔麵線去，派出所隔壁市場的，網路評分四點三顆星。大碗小碗？加香菜不？你不去？恐怕我得去，明明不是我的案子，倒是上面要我弄清朱能德的生辰八字，收魂的道士要，聽講這是為了避免招錯魂。我哪懂

這些，上面要什麼，我做什麼。」

同事小金朝他比個手槍手勢，所長要開會了。

「還要死者貼身遺物。沒看見媒體寫的，沉默的殺人犯，朱能德不開口，他媽媽好像留下出生證明，上面有時辰。遺物？憨面負責，上午和他通過話，叫我順便找張他和媽媽的合照當朱能德遺物，小時候的，他媽媽還年輕美麗，陪他上路。」

處理完報案，開完會，上網查近日關於朱能德的新聞。以往慣例，執行死刑的時間不事前公告，免得看守所承受太大民間壓力，這次不同，壓縮時間，用民間術語更貼切：長痛不如短痛。

—— ** ——

今晚台灣明確將死亡一人，法醫和喪葬業者守在現場，不需要派出所的小巡官吧。姚巡官想到死亡的代價，法醫收三千元車馬費，葬儀社收兩萬至兩百萬不等，視喪家辦多大場面而定。靈骨塔一個位子五至二十萬，按合約，骨灰可以放到世界末日。全球每年死亡五千六百萬人，這是什麼概念？幾萬年後地球表面勢必被骨灰罐填滿。

死亡，政府不補助，死前已消耗大量健保；出生，政府付津貼以鼓勵生育，住院與手術費健保支付。

政府獎勵出生，不獎勵死亡。前者表達期望，後者盡快遺忘。

關了電腦，死不如生，生代表未來，死呢？死了以後沒有未來嗎？宗教不是說死後有來生，大師、上人、教主個個把來生說得蓮花朵朵，追隨他們，死亡被新的名詞取代，例如成道、升天，好像上帝、菩薩歧視非教徒。死亡最好的注釋是伍長官說的：

「嗝屁。」

字面解釋當為打嗝、放屁，把身體裡的氣體釋放出去，噗哧一聲，人掛了，sayonara，不必相送，不必再見。

怎麼憤世嫉俗了。

——＊＊——

爲法醫吃蚵仔麵線的場面堪比小狗吃奶，吸、咬、抓、吞，談不上可愛，接近倒胃口。

「聽懂我說的？」

「三名被害人失竊的物品疑似出現在鄭記當鋪，疑似鬼還是什麼的去當鋪要贖回，店家處理手法不親民，疑似鬼一氣之下大鬧當鋪，甚至附上老闆的身，由千歲宮的老法師作法對抗，今天午夜決戰。」

「嘿，明明二十萬字驚悚小說，被你說成任天堂遊戲的故事大綱。」

「說二十萬字太累人。」

「也是。你刑警，請分析案情。」

「你說的鬼，法律上不存在，如同你在家拿武士刀砍空氣，警察不能認定你預備犯罪逮捕你。道士作法屬民間信仰，只要不燒房子，不製造噪音，也和警察沒關係，除非有人檢舉。」

「少打屁。」

「當鋪收取贓物，刑法三四九條收受贓物罪，五年以下有期徒刑併科五十萬以下罰金。不過鄭記當鋪不在我管區，得當事人向市警局報案。」

「不要死頭腦，你該好奇失蹤遺物怎麼跑去當鋪？」

「當然有人偷了遺物送去當鋪典當，查當票追捕小偷，盜竊罪。」

「你認為小偷是誰？」

「不是我。」

「當警察，講話正經點。」

「竊嫌朱能德，長照中心錄影檔是證據，除了他不會有其他人。盜竊罪與殺人罪合併處理，死刑，結案。」

「鬼去當鋪扔下當票要求贖當呢？」

「當鋪業法第十四條，收典當品得登記持當人姓名、身分證字號，鬼有沒有姓名我不確定，可是鬼的身分證一定隨他死亡而作廢。如果照你說的，竊賊偷了長照中心案三名死者財物拿去當鋪典當，再把當票交給你說的鬼去贖回，搞不好閻羅王那裡認為你說的鬼涉及洗錢法，抓起來叫他補稅。在我們的世界，鬼出示不了身分證明，無法贖回。」

「鬼不能贖回典當品，他被人偷了送去典當的東西怎麼辦？」

「昊法醫，鬼要人間的物品做什麼？」

「也對，生不帶來，死不帶去。可是敲當鋪大門的鬼問當鋪老闆，他呢，怎麼解釋？」

「就我所知，當鋪收無生命的物品，手錶、金飾，收有生命的叫做寵物買賣店。你說的他呢，應該有生命，鬼拿當票去贖，當鋪老闆可以非其業務範圍拒絕回答，若對方仍吵鬧不休，歡迎報警處理。」

昊法醫兩眼發亮：

「好主意，聽說鬼怕制服和槍。」

「沒處理過，無法回答。」

「你對鬼什麼看法？」

姚巡官坐不住了，想告辭，但昊法醫睜著等待答案的昏黃眼珠。

「我拜神拜鬼，個人信仰。法律不追究神鬼，任何刑案只追到嫌犯死亡即自動結案。據我所知，管理鬼是城隍爺的業務。」

「城隍爺？」

「昺法醫，你想怎樣，不用兜圈子消磨我。」

吃完蚵仔麵線，昺法醫拍胸口，拍出大蒜味的飽嗝。

「贖當的鬼。我不信世上有鬼，姑且稱之為鬼。鬼拿當票去贖長照中心三名死者的遺物，問當鋪『他呢』，表示鬼期待在當鋪看到誰，這個誰——」

「就是偷遺物的竊盜嫌犯，就是涉嫌最重的朱能德。」

「朱能德今晚執行死刑。」

「搞不好總統在執行死刑前宣布特赦，電影都這樣演的。」

「不特赦呢？」

「朱能德一槍斃命。」

昺法醫笑得猥褻，牙齒沾了香菜末。

「假如有鬼，等著贖當的鬼是不是等朱能德變成鬼，幫他們贖回失竊物？」

「昺法醫想怎樣？」

「警察埋伏現場，逮捕嫌犯。」

「昺法醫心情好，叫小警員去現場埋伏，抓到變成鬼的朱能德，移送地檢署起訴，再判個死刑？昺法醫心情太好了。」

「你說出重點。」

「心情太好？」

「鬼騷擾鄭記當鋪，可能附上當鋪新任老闆十七歲鄭傑生的身，你是警察，抓鬼。」

姚巡官明白他坐進法醫辦公室純粹陪昺法醫開心罷了。

「沒有拘票，有拘票的是城隍廟的黑白無常。我學過射擊和擒拿術，不懂怎麼對鬼開槍怎麼擒拿。」

「千歲宮的師公幫你。」

「昺法醫，現在我的心情很不好。」

二〇二三年六月十七日．黃師公

晚上十點，五名道士最先抵達，黃阿伯與四名道友盤腿坐店外，圓框鄭發出輕微生鏽的刺耳金屬聲，聽來像嘆氣，也像傳說中的鬼叫。小傑進店開燈，巡了一樓和地下室，向祖師爺馬援上香，一切正常，唯獨鼻子仍聞到濃郁香氣。

不久，計程車送來處於亢奮中的羅曼，

「師父，我查出來了。」

「普濟殿給你的神符呢？」

「你猜——」

黃阿伯接過信封，取出落落長的黃紙紅字神符「雨漸耳」，裡面另有張紙，毛筆畫的簡圖，標示東南西北，另寫了許多小字，他認真地看，拿著圖繞著當鋪比對。

「典當的三件物品，」羅曼急著說，「是——」

「別吵。」黃阿伯兜到巷口，取出羅盤再東看西看。

「金兔子、戒指、毛筆，是長照中心連續殺人案被害人的。」

黃阿伯收了羅盤走回當鋪前，

「普濟殿師兄提醒我，鄭記當鋪位置不尋常。」

圓框鄭動得凶，一直搧打牆壁，令人聯想到撞牆。

「方位，不尋常的是方位。」

四名道友看羅盤，不約而同點頭贊成黃阿伯說法。

「早上陽光被其他公寓擋住，傍晚陽光被後面高樓遮住，這裡一年四季晒不到太陽。」

「陰。」一名道友做了簡潔的補充。

「前面，北邊是捷運，後面，南邊有高架道路。」

「凶。」同一名道友補充。

「小傑祖父為什麼挑這種地方開當鋪？住人還好，開當鋪，不適合，沒有陽光的地方生意不興隆，存心挑這種地方，一個理由，他的客人不是正常人。」

小傑步出當鋪，羅曼正要開口，黃阿伯搶走機會。

「你家當鋪做哪種人的生意？」

「哪種人？當鋪顧客當然是缺錢的人。」小傑向羅曼比個ＯＫ。

「要你查二〇二一年左右的新聞。」

「查了，發生很多事，最嚇人的是長照中心殺人事件，死了三位老人，凶手被抓，說是老人要他殺的。」

黃阿伯閉目思考，羅曼沒讓他想太久。

「師父，典當的三樣東西都是長照中心死者遺失的。」

黃阿伯睜開眼，射出帶著火花的眼神。

「凶手名字是——」

「朱能德。」

黃阿伯轉過臉看小傑，

「當票上寫了典當人名字？」

「阿德。」

——＊＊——

機車燈光打斷當鋪前諸人的驚訝。

昺法醫守信用，帶來一大袋醫療用品，紗布、棉花、消毒藥水、針筒、ＡＥＤ急救包。

「昺法醫，你不信那個字吧？」黃阿伯打量急救包問。

「看你對那個字的定義。」

「槍斃死刑犯你們法醫會去嗎？」

「會。」
「看到什麼嗎？」
昺法醫放下急救包，用白眼球看問話的人，
「今天晚上槍決長照中心殺手朱能德，你問的這事吧。」
「來贖當的那個字被朱能德殺死，」羅曼急著說，「當票上寫阿德，一定是朱能德。」
昺法醫猜到，但不知該說什麼。黃師公比昺法醫早知道，也說不出什麼。
月亮被烏雲遮住，空氣變得潮溼，一名道友的手機伸到大家眼前，土城看守所外的電視轉播，正要進大門的警車被攔下，車內是穿醫師袍的法醫與青衫長袍的道士。
「哇靠，師公和法醫同車，不冤家？」羅曼嘴笑目笑。
黃阿伯忍住K羅曼的衝動，有話沒話朝昺法醫扯：
「聽講道友進看守所先拜各方神明，祈求保庇刑場平靜，再拜地藏王菩薩，讓死者安心接受接引。」
「法醫拜不拜？」羅曼又插嘴。
「你們醫師拜的祖師爺？」黃阿伯跟著可有可無地問。
「中醫的祖師爺神農大帝，我們外科若非硬找出祖師爺，理髮師。」
「理髮師？」

「中世紀歐洲由理髮師動外科手術，那時認為放血可以救治重症患者。理髮師常用剃刀，懂得下刀時手勁的輕重。」

「神農呢？」

「為找尋恰當的藥材，親嚐百草，最後吃到毒草，為救人而死。」

「所以學科學的也拜祖師爺。」黃阿伯得到他要的結論。

「好吧，師公說了算。」

「牘當的那個字今晚再來，我們該怎麼處理？」黃阿伯問。

「問倒我。多年以前國外的案例，一個女人平常溫柔善良，夜晚四處殺人。警方追查凶手，女人衣服殘留的血漬化驗出與死者相同的ＤＮＡ，可是所有人替女人擔保，說她絕對不可能是凶手。警探跟蹤她，見她計畫再次殺人，當場以現行犯逮捕，經過審判，心理醫師發現她體內另有一人，殺人的那位。」

「恐怖，和我一樣被附身嗎？」小傑問。

「她有雙胞胎姊妹，連體嬰，某些器官連結，其中一人死在母親腹中，生出來的那位頭殼內殘留兩種大腦。我們稱為雙重人格，黃師公也許不同意？」

羅曼吐出舌頭，

「她是那個字？我說死掉的那個。」

「我醫師而已，你問的超出我專業理解範圍。」

附近居民配合那個字的行動嗎？不見回家的人，聽不到汽車聲音，巷子比往常提早進入睡眠期，室外三十一度，烏雲連星光也遮掉，路燈一閃一閃，快斷氣的徵兆。

「等他們來吧，只能硬碰硬。」黃阿伯安慰小傑。

「有我在。」徒弟幫腔。

「你？」小傑不以為然，「前兩次你抱寶劍躲櫃檯後面。」

「一步邁進江湖，風風雨雨人生，靠，搞不好我已經習慣那個字了。」

黃阿伯向大家說明他的辦法，貼滿避邪符咒的道袍披小傑身上，妖魔鬼怪看不到小傑的存在。頭頂的天靈蓋為靈魂出入口，戴八卦鏡擋住陰靈視線，看不見小傑的人氣。

經過打扮，小傑化身為電影《星際大戰》的 C-3PO 與尤達合體。

「別唬弄我們，這樣小傑隱形了？」羅曼難以相信。

「燒香，混亂那個字的嗅覺。搖鈴，混亂他們聽覺。」

「把他們變成瞎子和聾子。龍蝦的意思。」

「神明面前不要亂講話。隱形。那個字看不到他，免不了向我要人，跳進我設好的五方才人陣，我和道友正面迎戰。」

「怎麼迎戰？」

「邪不勝正，何況我們拿到普濟殿的紫微大帝神符，天兵天將鎮壓陰靈。」

昺法醫提出建議：

「報警。」

五名道士瞪大眼看他。

「長照中心殺人案的偵辦警察姚巡官答應我下班過來幫忙，他調查死者遭竊的遺物還沒破案，他是偵辦警員。」

「遺物？」

「長照中心三名死者的遺物，金飾、戒指、毛筆。」

「我說吧，我摸到那個字到鄭記典當的小袋子裡面有戒指。」羅曼表達他的先知。

所有人看向小傑。

「當鋪規矩，憑本事估典當物的價格，收下典當物不再看，要是給錯價錢，懊惱沒意義。」

「他們快找上門，我們能看看到底典當什麼嗎？」

小傑進店下樓走到戊壹壹肆櫃子，取出袋子，朝祖師爺像奉香拜了三拜，說也怪，香燒得快，根本眨眼間即燒完。地下室沒風呀。明明握在手裡的布袋不知怎地掉落，想起第一次摸抽屜漏了最裡面的當票存根，回頭再摸一次抽屜，卡在旁邊，圓圓一枝筆，他背心一涼，長照中心命案三名死者的遺物居然被爸的朋友阿德典當進店裡，為什麼？

黃阿伯目不轉睛看著小傑手掌上的兔子金飾、白金戒指、中楷毛筆，頻頻發出吸口水聲音。

——＊＊——

昺法醫看看黃阿伯交給他的三串生辰八字，看看三樣典當品。

「我問過姚巡官，等下會來的警察，看來朱能德殺了三名老人，把他們靈魂押在小傑家的當鋪，只為一萬元？」

小傑像被雷打到，大喊：

「我查查看。」

小傑搶回三樣典當品衝回當鋪打開電腦，白金戒指，同款未鑲寶石未做其他鑲飾的十八K婚戒一對市價兩萬兩千元，一隻一萬一千元。查父親留下的檔案，按當鋪收貨的標準定價，百分之十，值一千一百元。

兔子金飾，典當價也是十分之一，黃金重五錢，市價四萬元，也就是當鋪收四千元。

毛筆？尾端刻了四寶堂三字，看來有些來歷，上網查，果然是安徽名店，但二手筆沒行情，也看不出哪種毛做的筆。當作上等筆用狼毫製成，一枝兩三千元，百分之十，兩三百元。

以上三樣典當品合計不超過六千元，爸付一萬元，他又做善事？

——＊＊——

黃阿伯聽小傑說完，閉目陷入沉思。

夜黑得和墨汁差不多，周圍不見任何燈光，氣溫快速下降，黃阿伯睜開眼，

「守住四方。」

四名道友持符站在店前四個方位，冷風從巷口捲進來，看得出灰色風影夾著變幻的形影吹得道袍下襬用力搧動，圓框鄭敲擊牆壁的聲音更大，有如示警。黃阿伯拔出木劍走進四人中間，腳踩丁字步，左手捏訣，右手劍指上方喊：

「回去你該待的地方。」

昺法醫照黃阿伯指示盤腿坐在店門口，懷中抱著急救包，瞪大眼看與他信仰完全兩回事的自然現象。

小傑覺得一陣暈眩，羅曼扶住他，

「欸，你也卡拜託，那個字來嘍？」

聞到店內飄出香味，他想起祖師爺前的香燒完了。

他和羅曼到地下室，香明明早燒完，仍一股香味盤旋於室內。多拜多保庇，羅曼說的，他點了香再拜，燈光一閃一滅，青色光影取代原來的桶燈白光。

「鬼火，幹。」羅曼嚇得脫口而出「鬼」。

發青發藍的燐火在室內繞圈子，以戰鬥機飛行速度旋轉，羅曼緊抱祖師爺神像，小傑腰間一緊，不知什麼力量將他拉離地面，是腰間的符，里長伯說可能裝了阿爸三魂七魄的香袋。

香袋時上時下，彷彿與小傑拔河，砰，小傑重重摔至地面，香袋與燐火咻地往樓梯口竄去。

——＊＊——

風來得急，突起的大霧遮住視線，看不到相距三公尺的公寓，一團黑影晃在灰黑夜裡。

不是一團，很多團，男聲夾著女聲彷彿來自地底，五名道士閉目打坐，左手捏訣右手持法器，冷靜面對一陣陣有如來自北極的陰風。

「來者是客，請教尊座大名。」黃阿伯中氣十足攔下黑影。

四名道友不得不掩耳朵，零下溫度直穿大腦。

「若來贖當，當鋪小朝奉願歸還典當物，不收本金利息，無量壽佛。」

風捲著道士身體，由下盤往上捲。黃師公率先唸咒，其他道友跟著唸，整片黑暗風聲與咒語對抗。

「他呢？」

「午夜已過。」

「人呢？」

「趕來途中。」

黑影裡走出一名女子，頭髮上梳成團，中間插了釵，和常見的簪不同，一端做得如同樹枝，許多細長帶著花葉的樹枝隨腳步搖擺。

心知是女人，但看不清臉孔的女人，和霧或到處閃動的黑影無關，模糊，調不準焦距那種看不清楚。

他們坐直上半身，慢慢提高手中法器，黑影未給他們機會，閃電般纏住每一條手臂，他們嘶喊：

「把人交出來。」

「人不由我們控制，既然不講規矩，我們只好有虧禮數了。」

黃阿伯大喊：

「急急如律令，紫微大帝在此。」

他從懷裡抽出神符往頭頂扔，只見輕飄飄的符紙往上竄了幾十公尺，輕盈地下墜，頓時檀香味撲鼻，黑影撲向每一人，黃阿伯感到全身冰冷，他喊：

「保境安民，紫微大帝有令，孽障還不退下。」

狂風加速以順時鐘方向旋轉，黃阿伯舉起法鈴，見神符在龍捲風中扭動，撲撲作響。

——＊＊——

昺法醫後背緊貼鄭記當鋪不知傳了多少代的厚重木門，霧裡響起聲音：

「他呢？」

不對，昺法醫從不信鬼神說，可是打從內心涼起。他面前不是台北市巷弄，怎麼成了殘垣破瓦，前面有頭掙扎的小貓匍匐在碎磚塊間，牠還小，還不會走路，誰遺棄了牠？昺法醫往前邁一步想上去抱起小貓，一道閃電照得他閉眼，誰朝他胸口重重推了一把，撞回木門，背部劇烈刺痛，脊椎骨不會斷裂吧。

「叫他出來。」霧裡聲音帶著刺耳回音。

面前是道袍破裂成布條的黃阿伯，他搖著鈴擋住狂風，

「退回去，回你該去的地方。」

——＊＊——

小傑手中持一把新點著的香，屋外風聲搖撼窗戶和大門，

「他們來了。」

「你不要出去，」羅曼握著劍往門衝去，「師父，我來了。」

小傑沒拉到羅曼，順手抓起布包的菩薩像也追去，

「等我。」

——**——

當咼法醫再也撐不住倒在門前，黃阿伯被強風吹得摔在他身上，四名道士東倒西歪爬不起身，巨大黑影罩住當鋪。大門開了，羅曼連人帶劍奔出去，閉眼朝濃霧揮劍，小傑將菩薩像砸進霧裡，轟，一聲巨雷。

不是打雷，從遙遠處傳來帶著回音的槍聲，沉悶的槍聲。

黑影聚成球，濃霧散了，小巷的燈光未亮，可是看得見站在門前的三條搖曳黑影，他們模糊的臉孔冒出淒厲叫聲：

「人呢。」

就在小傑一陣暈眩，聽到另一種聲音：

「各位久等，我來了。」

二〇二三年六月十八日凌晨．姚巡官

他閉起眼立於後面，前面是檢察官、法醫、和尚、看守所所長、獄警，一旁坐著遮住眼睛的家屬和律師，午夜十二點整，槍聲響起。

「南無阿彌陀佛。」

憨面拍了拍姚巡官肩膀，

「恩怨到此結束。」

姚巡官睜開眼，一道冷風穿透悶熱空氣。

「到此結束，長官，原來生死果然一念之間，我好像死了一次。」

「幹我們這行，不看盡生死不行哪。」

相驗中心派出的法醫檢視屍體，和尚已經唸起經文，所長面向家屬：

「法醫勘驗結果，朱能德已死亡，請問哪位要驗屍？」

沒人回應，有的家屬已經掩面離開現場，仇恨消失，剩下的感情與哀怨、滿足無關，空洞，說不定夾雜些許遺憾。

姚巡官猛然醒覺，他該趕去另一地方。

「我得走了。」

憨面將錄音機塞給姚巡官，

「朱能德行刑前的遺言，指名給你，辛苦了。」

接下錄音機，姚巡官倉促出了看守所跳上機車，外面熱多了，相當於燒盡炭火留下的嗆人空氣。

二〇二三年六月十八日凌晨・小傑

小傑拿出當票與存根的竹片，二者合一，

「完成贖當。」

一團黑影盤旋於當鋪大門前，四名道士分居青龍、白虎、朱雀、玄武位置，黃阿伯居中，各持一炷香朝四面八方禮拜，四條灰影晃動的速度減慢。黃阿伯將香插於門口的石板前，拭去額頭汗水站起身，

「朱能德，一路好走，不要回頭。」

霧濃得見不到一公尺外的人，小傑聽見陌生男聲：

「對不起，我來晚了，三位，請隨我來。」

當小傑感到手心一陣刺痛，兩塊竹片不知何時燒成灰燼。當對面公寓亮出光線，木門鎖鍊發出長期未上油的卡嗟聲，躲在某輛汽車底下流浪貓發出呼喚食物的喵聲，霧與黑影消失得連影子也沒留下。

可是小傑聞到濃烈的桂花香氣。

——**——

沒人進當鋪，圍坐於店前，圓框鄭紋風不動，事實上也沒有風，燥熱夏季早已開始，天空變得灰白，電視機聲音傳進巷子，一輛車駛入巷底，發出倒車警示聲。

「姚巡官到了，小姚，這裡坐。」

姚巡官沒坐，長板凳坐了虛弱的黃阿伯，昺法醫手中的聽筒貼著他劇烈起伏的胸部，其他人散坐周圍，姚巡官向大家點頭示意，

「朱能德在十一點五十七分死亡。」

他走進人群中間拿出錄音機，

「我是警察，下班時間來看昺法醫，剛才進巷子找不到當鋪，突然被霧包住，看到幾條影子走出去，霧一下子散了。這是我看到的，如此而已。朱能德的遺言，我也沒聽過。」

大家垂下頭，安靜地聽錄音機傳出風和雨混在一起的聲音。

——**——

「我的遺言，請給派出所姚巡官，他聽得懂。」

一陣電波雜音。

「姚巡官，我沒有兄弟姊妹，不勞累親戚朋友，只有你，幫我最後的忙。保險金和最後一點存款用在我母親身上，她不久了。可憐的母親，忙一生一世，最後報答她的是病痛。

「我犯的罪不可饒恕，死以後將開始贖罪之旅，三名老人對活下去已無絲毫執念，可是畏懼死後的遭遇，畢竟死後的世界沒人知道，經歷過死亡的又無法傳授後人。我相信人死應該進入平靜的另一世界，比拔掉插頭的微波爐更平靜。我答應過，領他們去那個世界，不管黃泉路、奈何橋，我陪，我領他們走這段旅程，這是他們坦然接受死的原因。

「醫師告訴我頂多只有兩年可活，想很多天，兩年到底該怎麼計算？每個人不同，我的兩年是爬公寓水泥樓梯一天四次，合計兩千九百二十次。一週洗腎兩次，合計兩百零八次。有陣子出了門不想回家，不想看母親在我眼前用難以想像緩慢的速度走向死亡。洗腎是我最快樂的過程，祝阿嬤的笑聲，蔡阿伯握住我手傳遞來的溫度，我天真以為他們這樣活下去沒什麼不好。生理病痛外，期待親人是另一種痛，了解他們的廢物感，拖累家人，壓力剝奪他們的笑容，和我爬樓梯相同，家成為沉重的現實。本來我氣憤老天不公平，興起殺人念頭，沒想到他們信賴我，我不能辜負他們。

「鄭記當鋪老闆鄭鵬飛是多年朋友，我偷了老人遺物，問出生辰八字交付鄭鵬飛，他答應照顧先我抵達的老人，等我。沒想到官司拖這麼久，各位久等了，我應該在被捕前自我了斷，我怕，沒人不懼怕死亡後的一切，一延誤，警方逮到我，審判到執行死罪花的時間超出我設想，聽說鄭鵬飛意外過世，來當鋪會合的三位老朋友怎麼辦，我卻為刑法條文纏住。

「答應過的事一定做到底。」

錄音出現雜音，細聽似乎是腳步聲。

「我該走了，不再懼怕，希望他們仍等著我。」

錄音終止於開門聲。

——＊＊——

朱能德沒說帶三位老人去哪裡，他應該也不知道，所以身為領隊，和團員一起踏上未事先規畫行程的旅途。

「挺自在的。」昺法醫對錄音機說。

「好結果。」黃阿伯同意。

「他們走了，小傑的店沒事了？」羅曼沒放下。

「鄭記當鋪有沒有事，得問傑生。」第一道陽光照在老人頭髮稀疏的額頭，「他爸遺留下的事，由他解決，其他人幫不上忙。」

小傑提不起勁，不想解決比早餐更大的事。

「典當品呢？」

黃阿伯指姚巡官：

「交給警察。」

「給我，」姚巡官聳聳肩，「還給死者家屬，失竊案也結案。」

「為什麼偷別人的東西當給小傑爸爸，叫那個字來贖？」

姚巡官無法回答，黃阿伯可以。

「掛念。死掉人多少掛念陽間的事，如果三樣典當品代表他們難以遺忘的過去，自然找來停下不肯走。剛才不是說三名老人連生辰八字都給了朱能德，你爸憑生辰八字確定來贖當品的人沒有錯。」

「掛念什麼？」小傑看姚巡官。

「偵查過程我問了三名老人的家屬，戒指是蔡老先生妻子的，他進出醫院多次，自己的婚戒早不見，留下妻子的隨身攜帶。蔡阿嬤長期病痛，瘦得戒指滑落，他撿起收著。祝老太太的兔子金飾買了多年，原要給孫女，美國兒子的女兒，她身體不好不宜坐飛機，兒子回來看她做了幾件事，賣房子，送她進長照中心，秀手機裡女兒結婚典禮照片給她看。林老先生熱衷書法，到哪裡都帶毛筆，希望有機會練字，不幸病情惡化，從醫院到長照中心，一個字也沒寫過。」

「他們為什麼不帶走？我說那個字。」羅曼問黃阿伯。

「看到朱能德，他們放下了。」

「昺醫師對我們師公的工作，了解了吧。」

「了解師公原來和水電工差不多。」

——＊＊——

「什麼意思？」

「修理。水龍頭漏水，換新的啦換墊片啦，不然影響生活。」

黃阿伯大力拍大腿，

「說得好，以前沒這樣想過。」

「你這一行幹了多久？」

「十五歲起，昺法醫想問我的生活，吃喝在廟裡，做法事替人收驚領紅包，祛災解厄呀。日子不富有，能活。和你們不同，為神明服務，沒有幾歲退休的規定。」

「聽起來是個不錯的職業。」

「比神父、和尚自由，比牧師，沒那麼大的責任，這職業，還可以。」

黃阿伯謝過四位道友，吆喝大家去宮廟前吃魚皮粥，還抬頭對圓框鄭說：

「好好看店。」

——＊＊——

新的一天，每個人有不同的事要忙，黃阿伯和道友吃完早餐得回去補眠，昺法醫接到通知去西藏路驗屍，姚巡官收下三樣典當品回派出所請家屬領回。

「我師父說朱能德帶三個那個字上路，去哪裡？」羅曼幫忙收拾當鋪。

「不問你師父，我哪知道投胎轉世，不然像氣球爆炸，噗，不見了。」

羅曼停下手中工作：

「我們錯過一件事。」

「什麼事？」

「你爸和朱能德是老朋友，請他去另一個世界問你爸誰殺了他。」

小傑愣住。

——＊＊——

他們收拾當鋪，拜了祖師爺馬援，地下室所有東西位置不變，但小傑還是覺得地下室變大，意思是又變得更大了。

「原來你爸專門做那個字的生意。」

「等我媽來，她是監護人，她幫我賣掉當鋪。」

「誰要買做那個字生意的當鋪，不是每個人像你們家列祖列宗——」
「怎樣？」
「不像你們家祖先那麼有歷史感。」
「使命感。」
「人死了去哪裡？」
「問我？問你台清交的女朋友。」
「張寶琳？她把我從好友名單刪掉了。」
「誰說的？教英語嚴老師說——他用兩個字形容。」
「悲壯。」
「你悲壯了。」
「如果人死了，靈魂變成那個字，全世界一萬年以來死了幾百億人，地球裝不下。」
「問你師父。」
「平行宇宙，死人活在另一個宇宙，我是說死了以後到另一個世界，不一樣的活。你家地下室不是變大，裝另一個宇宙，不變大才騙肖。」

戊壹壹肆抽屜門未關，小傑蹲下關門，沒鎖，贖當品已領走，沒必要鎖。聞到抽屜內香味，桂花香嗎？沒聞過桂花，他想不出桂花長什麼樣子。伸手往深處摸，一隻小繡花鞋，不會吧，又多出一隻繡花鞋，誰的？鞋和他中指差不多長。女生的鞋，難道這個抽屜原來擺典當的繡花鞋，後來收到朱能德送來的當品，空間還大，塞進去。

每樣典當品皆有當票存根，一半的竹片，正要再掏，羅曼踢他，

「我對你說話，聽到沒？原來我們等外星人登陸地球，以為外星人長成尖頭細身體，其實錯誤。外太空來的飛碟降落紐約，美國軍人包圍飛碟，結果走下來的外星人是他們的阿祖阿嬤，不同的宇宙交會，時空錯亂，宇宙爆炸，這是為什麼我們等外星人等五百萬年也等不到的原因。」

明天再整理，最下層的抽屜得趴在地面才看得到深處。

「羅曼，你是小說家。」

「我說真的，不然死的人去哪裡？我師父每天拜，你爸死了不是也要做法事找師公唸經，他們死去另一宇宙，科學家才說宇宙無限大。你被那個字上身，什麼感覺？」

「身體裡有另一個人，他想說的話和我想說的卡住，我看得到你，可是你們沒看到我。」

香味來自繡花鞋，不是新的，鞋底沾了已經粉塵化的泥土。羅曼打了噴嚏，

「看吧，你卡在平行宇宙中間。人不會死，去另一個地方，那裡的那個字不用升學不用買房子。」

「你也被附身了。」

鞋頭用很多顏色的線繡出一朵看不出來哪種花，放在鼻前聞聞，果然是花香味，

很濃，新鮮的花香。

「他們做我們想像不出的事。」

「舉例。」

「他們的宇宙更大，要建設。」

收進口袋，羅曼又打一個噴嚏，他以後的女朋友要是天天噴香水，想必他死在約會關鍵時刻。

「你當了師公，死了去新的宇宙再當師公，替那裡死掉的死過一次的人超渡去下一個宇宙。你把我頭搞昏了。」

小傑沒來由也打了個噴嚏，以前他不會過敏，媽愛買花，餐桌總擺一瓶花，大部分是百合，一樣很香，他沒怎樣啊。

「小傑，你的大問題，缺少想像力。」

「我想像張寶琳。」

轉身要回樓上，小傑看到紅色衣服的人影在櫃子間一閃而過，他驚得停下腳步，

「你看到沒？」

羅曼沒回應，可是也僵在原地。

「紅色影子。」

「我們死了。」羅曼兩腿一軟倒下，「小傑，這次我們死定了。」

第七章

吃不飽的小女孩

沒有變的老媽

1

一名穿紅衣的女孩站在狹窄的乙櫃與丙櫃通道，約莫五、六歲，瘦瘦小小，穿一身過大的紅色連身裙，她未受到羅曼尖叫影響，好奇看著兩名慌得抓住彼此手臂的大哥哥。

「你看到？是不是我眼花，還是我們進入你的平行宇宙？」小傑指著女孩。

「看到，不像平行宇宙的外星人，是小妹妹。」羅曼掩著嘴。

「剛才進當鋪我鎖了大門沒？」

「我鎖了。」

「她怎麼進得來？」

「她有腳沒？」

「有，裙子下面是紅鞋子。」

「靠，紅裙紅鞋。」

「小學生。」

「你問她是誰？」

小傑沉住氣甩開羅曼抓他的手。

「小妹妹，找誰？」

女孩沒正面回答，目光渙散，

「她說什麼？」

「妳怎麼進來的？」小傑發覺發出的聲音比羅曼的更尖。

「妳是誰？」羅曼喊。

聽到肚子的咕嚕聲。

「妳是誰？」小傑刻意壓低音調裝鎮靜。

咕嚕咕嚕。

哪裡來的風吹得燈光顫抖。

小女孩竟放聲大哭。

「她會哭。」

「羅曼，會哭是好消息？」

「至少不是壞消息。」

「她肚子餓，咕嚕咕嚕是肚子餓吧？」

「店裡有沒有零食，哇靠，我們忘記吃早飯。」

「我爸不吃零食。」

「我看見你爸留了泡麵。」

「對。」

小傑鼓起勇氣上前一步，

「要不要吃泡麵？跟我們上去，不准變臉嚇人，那位哥哥膽子小。」

不敢接近小女孩，兩人轉身走甲櫃乙櫃間的通道。

「這裡，上樓梯。」

小女孩跟來，羅曼跑得飛快，三步兩步已經上樓去了。

小傑回到櫃檯後，羅曼一臉擠出來的假笑，手中拿著泡麵，

「妹妹，泡麵。」

「燒水。」小傑也看著女孩。

「我一天要被嚇幾次，明年才能投票，是怎樣，逼恁伯提早長大。你們家的當鋪你泡。」羅曼將泡麵扔在小傑臉上。

——**——

小女孩吃得很慢，吃得專心，小手拿不穩筷子，改成用五根手指握住筷子用挑的。咕嘟咕嘟，這次小傑聽得出來聲音發自羅曼肚子。

還好，她一口口吸麵條，不是吞，沒有漫畫裡的黑牙大口，頭上沒有天線。轉眼間吃得精光，湯也喝完。

「還餓不餓？」小傑與羅曼站在兩步外發問。

咕嚕，又咕嚕。小女孩沒吃飽，羅曼繼續發出飢餓聲音。

「最後一包泡麵。」

「怎麼辦？」

「帶她去巷口便利商店買三明治。」

「你帶她，我走你們後面。」

「為什麼？」

「觀察，別問太多，專業的事交給專業的。」

關了店，小傑走前面，女孩跟著，羅曼鬼鬼祟祟走最後，不時以手機拍女孩背影。

「說明狀況。」

「她不怕太陽。」

「還有？」

「她有影子。」

「還有？」

「用腳走路。」

「還有？」

「手機拍得出她。」

「廢話。」

「不廢話，我看過新聞，五個人合照，只拍出四個人。」

「新聞是四個人合照，拍出五個人。」

「警告你，別嚇我。」

小女孩繞了萊爾富一圈，選擇貨架上最後一盒炒飯。櫃檯後的阿姨說：

「好可愛的小妹妹，幾歲了？」

她沒回答，小傑認為有義務幫忙回答，卻開不了口。

她坐窗前吃微波的炒飯，羅曼拿來兩枝紅豆冰棒，分小傑一枝，

「我全身發燙，是不是感冒了？你摸摸看，熱成這樣不可能沒發燒。吃冰棒降體溫，我媽說紅豆營養。」

他們舔冰棒，眼睛未離開過小女孩。

「怎麼辦？」羅曼開口。

「送警察局，失蹤兒童。」

「我看過很多撿到小貓小狗的短片，先餵奶，有些沒長牙沒斷奶不會吸奶嘴，撿到的人用針筒把牛奶注射進牠們嘴巴，餵完用衛生紙刺激屁眼，幫助牠們尿尿便便，用清潔墊鋪紙箱當牠們的床，怕到處都是牠們屎尿。」

「她是人。」

「半夜起床餵奶，一天吃八次，牠們餓了亂叫。送醫院檢查吃驅蟲藥，到寵物店洗澡，免得我媽被臭死。冬天替牠們穿小衣服，電熱器照二十四小時怕牠們感冒。用柵欄圍住，跑到床底還是衣櫥，躲到恁伯找半個江湖也找不到。」

「她是人。」

「餵奶十幾天，訓練牠們舔碗裡的牛奶，沾得滿臉都是，要擦要洗。等牠們長牙，牛奶泡小狗一顆一顆的飼料，這樣長得快。我媽罵，我爸嫌，封他們長久忽視的兒子撿屎大王。三個月，小貓小狗會走路會吃固體食物，趕快找善心人士領養，我媽捨不得，成天講養兒子不如養狗。好不容易長大，我媽餵牠吃牛排牛肉乾，給兒子一百元出去吃自己。叫牠們寶貝，摟著親個不停，我降級為小狗小貓的小哥哥，撿屎擦尿外，放學回家帶牠們散步，我繼續撿大便，這樣下去，我是人嗎？」

「她是人。」

「還好不是那個字。」

「不確定。」

「那快送給警察，你打一一〇。」

「為什麼我？」

「你爸死的那天你打過一一九，熟。」

「不好。」

「你想怎樣？」
「帶回你家，讓你爸先看看。」
「我爸里長不是醫師，看什麼看。」
「你爸里長，可以問警察局附近哪家報案走失兒童。」
「帶她回我家？」
「里長在你家，不然在別人家？」
「嗆我？小傑，我收留你，忍受你半夜鬼叫。學會感恩。」
「你爸替社會局讓我暫時睡你家，不是你收留。」
「記住，忘恩負義。她的裙子怪怪的。」
「不是裙子，褲子很寬，你看成裙子。」
「繡了花邊。」
「繡的？現在誰繡花邊，工錢貴死人。」
「不可以講那個字，也不准老是講死。」
「你不是習慣了。」
女孩把炒飯吃光，一粒米不剩。
「她很會吃。」
「超齡會吃。」

「接下來？」

「你是黃阿伯徒弟，你問。」

聽到紅豆冰嚥下喉嚨通過食道，胃裡冰涼。太早吃冰棒，不好。

「你發現她，你問。」

「妹妹，妳家在哪裡？」

女孩搖頭。

「妳媽呢？」

女孩搖頭。

「她聽不懂國語。」

「你不是台語第一溜，會唱歌仔戲？」

「只會兩句，騙女生用的。」

「她是女生。」

「別鬧了。」

「帶她去見你爸和黃阿伯。」

「他們快可以領敬老卡，害他們心肌梗塞你負責？」

「叩你爸，讓他有心理準備。」

「萬一他嚇得離家出走。」

「他是你爸，連任八屆的里長，嚇不到。」
「他你爸，你比我清楚。」
「你打不打。」
里長沒去服務選民，聲音平靜。里長嘴裡塞了食物，咬字不清。
「我正忙，快放暑假，幫我來服務處當志工。」
「我帶朋友去。」
「一起來。」
「紅衣小女孩。」
里長沒回答。
羅曼一手包住手機，
「我爸嚇到了。」
里長回答了：
「整晚你們騙了女生去哪裡，沒亂搞吧。」
「很小的女孩，五、六歲。」
「找女朋友年紀要差不多，這麼小的女孩你們也追。」
「不是啦，她和父母走失。」
「老二，失戀了？失戀要冷靜。帶她回來，你媽很好奇。」

斷了線，羅曼問小傑：

「失戀？我爸哪裡聽來的？」

「他里長不是嗎，里長什麼事都知道。」

羅曼看小女孩：

「妹妹，跟哥哥回家好不好？」

「這樣問太色情。」

「不然你說。」

「妹妹，跟哥哥回家。」

「不是一樣。」

小女孩跳下椅子，站著等他們。

2

小傑與羅曼走兩旁，小女孩走中間。

走了十幾步，小女孩伸手牽羅曼的手。

「哇。」

小女孩再牽小傑的手。

「她的手好熱。」
「小孩的體溫高，我媽說的。看樣子情勢往樂觀的方向發展。」
「如果手冰的呢？」
「小傑，警告過你不准說那個字。」
他們一左一右牽著小女孩穿過馬路。
不，小女孩牽著他們過馬路。

——＊＊——

里長婆動作快速，不到十分鐘，雞湯、麻醬麵、炒高麗菜已經擺在小女孩面前。她不客氣地吃起來，小手握筷子下段，嘴就著碗吃麵。小傑和羅曼也各有一碗麵，他們看發愣的里長，三個男生都沒拿起筷子。里長婆從鍋內夾起雞腿，湯汁掠過三個男生，雞腿送到小女孩面前的盤子，
「乖乖，我幫妳把雞腿撕細。」
小女孩看里長婆，眼神匯聚在瞳孔中央了。
羅曼拿過他爸的酒替自己倒一杯，喝了一口。始終不發一語的里長開口：
「你什麼時候開始喝酒？死囡仔，一大早，書念不好，搞失戀，學會喝酒，把幼稚園女生騙回家，丟光我們羅家的臉。」

里長家兩個兒子，看出里長婆長久以來壓抑心中對未生女兒的失落。

「解開辮子，等下洗好澡再幫妳編。」

妻子喜歡女兒，里長擔心兒子失戀闖禍。

「兩個人，到外面。」

他們站得很直，好像女孩是他們拐來的，心虛的罪犯。

「女孩突然出現，典當三位老人遺物，凶手被槍斃，靈魂跑去你家當鋪。我里長而已，管不到廢死不廢死的國家大事，不過你們帶個不知父母是誰的小女孩來我家，懂誘拐未成年少女的罪行嗎？不是槍斃了事，無期徒刑，關到你們以後看到女生就反胃噁心。收到朱能德典當品，鬼魂拿當票去你家當鋪贖，你們在當鋪發現快把羅家吃到敗家的小女孩。順序沒錯？」

里長果然和宮廟的黃阿伯換帖，凡事講究順序。

「女孩突然出現在朱能德帶老人靈魂離開的鄭記當鋪，後來才是她吃泡麵。」羅曼向他爸說明。

「離開當鋪，她非常飢餓，看樣子你家冰箱裡存糧不夠她吃。小傑，她為什麼在你家當鋪，不是你家親戚什麼的？」

「女孩有影子和腳。」羅曼拿出手機，「拍得到，她不是你說的那種什麼。」

「別吵我思考。」

羅曼受委屈，小傑拍他肩膀以示安慰。

「暫時不報警，找師公老黃請示神明再說。」

「她爸媽找怎麼辦？」

里長摸著下巴，

「當鋪大門你鎖的沒錯？既然門鎖了，小女孩穿牆進去？你擔心她爸媽找她？她爸媽以為哪個親戚把女兒騙走，為了用錢，典當給你爸？你爸很閒，每三個小時替她換尿布。」

「五六歲，不穿尿布了。說不定她真的是走失兒童。」

「走失？清晨七點離開自己家出來散步？迷路？不去公園、早餐店，走到門鎖得好好的當鋪，你們兩個笨蛋從未發覺？」

小傑想反駁，找不出反駁的理由。羅曼問他爸：

「她怎麼辦？我和小傑累死了，要去補眠。」

「一晚上不回家，透早帶未成年女生回來，還要補眠。」

羅曼的問題已解決，他媽媽帶女孩進浴室洗澡，聽得到媽媽的笑聲和吼聲：

「老仔，我今天請假，我照顧她。」

——＊＊——

小傑與羅曼被里長趕出門，叫他去找女孩的爸媽。怎麼找？

「學古早人沿街喊酒矸倘賣嘸，走丟女兒的白痴聽到會來認領。」

他們不知不覺像往常沒事那樣來到大橋頭機車行，好幾排各種廠牌的重機閃著炫目色彩。

「還是要買凱旋的？」

「一定，人生的堅持。」

「普通機車十八歲可以考駕照，重機要二十歲。」

「歧視重機。」

「重機太大，你踩不到地。」

「你躺下借我踩。」

「十七歲真慘，不能考機車駕照，只能看重機；不能繼承當鋪，偏要每天準時去開店。」

「十七歲以後更慘，考到駕照不讓我買重機，根本歧視十七歲。」

他蹲下研究凱旋九百西西，六十五萬。

「要六十五萬。」

「要出來混，就要像個樣子，否則留在家守你那輛破偉士牌。」

「差點忘記，明年我也考駕照，說不定可以騎偉士牌上下學，沒關係，羅曼，我載你。」

「把我當查某，恁伯堂堂男子漢，坐你後座，講肖話。」

機車行老闆當他們過路野貓，連看也不看一眼。

「十七歲真慘，沒人鳥我們，好像未來是十八歲的，希望是十七歲以下的，十七歲的等著廢，再被罵是躺平族。」

「宅男一族。」

「廢材。」

「去死卡好。」

他們彎去永樂市場吃米粉，湯 too 燙。

「你爸的事怎麼辦？」

「我不放棄。」

「丟，男子漢要替父報仇。」

「眛法醫幫我找線索，不樂觀。」

「我給你靠。你爸沒託夢？」

「沒夢過他，你又不是不認識他，話很少，說不定走到我夢外面好幾次，最後還是沒說出話。」

「你的十七歲不錯，你看，繼承做那個字生意的當鋪，還有殺父之仇要報，靠，怎麼說比較好？」

「灰暗的十七歲。」

「我還沒踏進江湖，你已經昇華到有人生目標了。小傑，趁你沒賣掉當鋪，偉士牌牽來我們公家騎，免得一起賣掉，揪不合。」

他們吃完米粉，坐在霞海城隍廟前面看來來去去各國的年輕女孩，她們勝過世界所有景點。

「她們就是景點。」羅曼嘆氣地說。

3

羅曼睡客廳，他的上鋪讓給里長睡，因而下鋪的小傑睡得史上第一好。里長伯在古代算官，縣令下面的里正，有官就有官印，羅曼說的，他爸睡覺也揣著里長印章，而那個字怕官印。說法如果成立，等於燕赤霞睡甯采臣上鋪，鍾馗坐隔壁喝酒，比坐警車、綁安全帶、時速二十公里更安全。小傑一個夢也沒，並準時於六點半醒來，趕上羅曼媽媽煎荷包蛋。

「滴醬油，香不香？」

小女孩聽得懂人話，至少聽得懂復健醫師里長婆的話，她捧起盤子聞荷包蛋香味。兩隻小手胖嘟嘟，臉孔粉紅色。

羅曼聽到不知誰的肚皮發出咕嚕聲音，滾下沙發爬向餐桌，

「老媽，妳十七年前懷孕一定希望我是女的。」

羅媽媽回答：

「妹妹先吃，筷子戳破蛋黃吸，喝牛奶長快快。等下幫妳梳辮子。」

羅曼抓住椅子，爬蟲類那樣爬上餐桌，

「小傑，我媽沒搞錯？」

「沒，她很清楚。」

「以前覺得當老二，童年期被我爸媽忽視。十七歲，老大去當兵，莫名其妙來個小妹妹，開始沒幾天的青少年叛逆期被打槍。今天想通，我媽對第二個兒子完全沒興趣，悲哀。」

「妹妹乖乖，稀飯這麼快吃光啊，棒棒，阿姨幫妳再盛一碗，喜不喜歡吃肉鬆？」

「媽，我小時候妳說過羅曼乖乖嗎？」

「肉鬆好吃吧，等下烤吐司，抹牛油和果醬。」

「我吃肉鬆太多挨罵，她可以隨便吃，小傑，我是我爸外面生的。」

「曼曼乖乖。」小傑說。

羅曼筷子伸進小傑的盤子，

「分半個蛋，我媽澈底沒在意她兒子肚子餓，餓死十五年她才會問，咦，我們家不是有個小兒子，叫羅什麼，人呢。」

「叫曼曼，里長伯騎自行車，慢慢。」小傑陪著演戲。

里長伯不太高興，幸好不到發怒地步。

「等下請你去吃蛋餅。羅曼，舊的問題剛解決，新的問題冒出來。你看小妹妹幾歲？從昨晚到現在，給她什麼她都吃光，神奇呀。」

「比小貓小狗狠，沉默的餐桌殺手，打一一〇趕快送她去警察局，我們家糧食有限。」

「等下我去機場接我媽。」

「我服務選民。」

「我去學校。」

「她呢？」

「當然跟我去醫院上班。」

羅曼媽媽終於聽到男生講的話了。

——＊＊——

他們拖著腳步走向千歲宮，離開家時聽到羅曼媽媽的聲音：

「妹妹好香，香噴噴，梳了辮子好漂亮。」

羅曼沒睡好，頭髮堪比七龍珠的悟空，往不同方向亂翹。運動鞋鞋帶鬆了，人塌了，萎靡不振，看上去失戀二十年，連續的。

「小傑欸，我們今年十七歲。」

「十七歲，羅曼。」

「失落的一代。」

志明和小月出現在路口。

「阿三的 Band 有兩名肯合聲的主唱了。」

小傑點點頭，

「另一可能，阿三失戀難過，我們的 Band 不需要主唱，解散了。」

「說吧，失落的一代。」

4

「姚巡官走了，你們回當鋪，看到穿紅衣服小女孩，聞到桂花香，你媽晚上跟小女孩睡？」黃阿伯吃他今天第一碗粥，廣東粥。

「小傑聞到桂花香，小傑看到女孩。」羅曼糾正他師父的事情發生順序。

「你爸對我說了，等下我去看她。不說話？叫什麼名字？」

「不說話，我們哪知她名字。」

「朱能德帶三名老人一走，當鋪多了個不說話的女孩，不尋常，鄭記當鋪選在陰地，新任老闆生日和鬼門開同一天。」

「我倒楣的意思。她有腳，有影子。」羅曼的手機伸到黃阿伯碗上，「我猜不是那個字。」

黃阿伯盯著手機螢幕看。

「多大年紀？」

「四、五歲，五、六歲，沒穿幼稚園還是小學制服，分不出。」

「你媽跟她睡，今天早上精神好？」

「好？從沒那麼好過。」

他們不管黃阿伯的熱食主張，小傑吃冰豆漿、蛋餅、蘿蔔糕，羅曼跳過早餐，直接吃牛肉麵，大碗。很餓，從沒那麼餓過。

千歲宮的早晨比平常平靜，一排小店開始營業，學生買飯糰趕著上學，上班族外帶三明治，阿公阿嬤內用魚皮粥、切仔麵。三十七歲遇車禍失去記憶的阿信在廣場掃地，已經掃了二十年，始終想不起家裡等他吃晚飯的女人是誰。麻雀不時落下彈跳地找食物，但沒有其他廣場或公園有的鴿子，這裡只有麻雀。派出所員警騎機車停在宮前，他們一天來簽名三次，以防毒蟲、賭鬼偷千歲爺脖子間的金牌。

唯一不尋常的是賣燒酒螺的小貨車怎麼一早進廣場放廣播，誰把燒酒螺當早餐？

「和朱能德典當品放同一個抽屜，抽屜很大？」

「不大，比較深，又是最下一層，我沒趴下去，不知道裡面有別的東西。」小傑摸著口袋內的繡花鞋。

「你掏過抽屜，」黃阿伯用筷子比畫，「掏給我看。」

小傑伸出手假裝在桌面上掏。

「你爸保管箱這麼深？」黃阿伯吸鼻子，「什麼味道這麼香？」

「胡椒。」小傑拿起胡椒罐。

「然後你們家的當鋪跑出小女孩？」黃阿伯的筷子在小傑眼前晃，「幸好我認識你爸，否則以為你們說謊。說過我少年時被千歲爺收養的事吧，從此侍奉祂老人家，第一項要求是不能說謊，這麼多年相信別人也不會對我講謊話。」
小傑吸口氣，猶豫該不該拿出繡花鞋。
「會不會那個字變的？」羅曼轉著眼珠。
「今天凌晨請示過千歲爺，我身上沒有你說的那個字的氣味，他們走了。」
「他們以外，當鋪沒有其他那個字？而且他們走去哪裡。」
「基督教說上天堂，佛教說前往西方世界，我們道教說轉世投胎，學科學當法醫的說從此化成灰燼，不再為人生煩惱。」
賣菜的進場，廣場左邊一排棚子平日歸菜商、魚肉商使用，假日改成小型賣衣服與日用品的夜市。
已經擺出青菜水果的歐巴桑往上面灑水，保持新鮮。她年紀大，背駝得凶，做事卻俐落，把青江菜朝左扔，蘿蔔往右扔，馬上完成分類。賣魚的阿清開廂型貨車，卸下保麗龍裝的魚貨，他宣傳他家的魚都現釣，里長伯私下哼，一大早去哪裡現釣，半夜釣？歐巴桑媳婦賣進口水果，擺成山形，提供紙盤讓信徒買去拜拜。她從不和歐巴桑說話，婆媳感情不好，歐巴桑怪她搶生意，看兒子面子不好趕她走。今天越南新娘來得晚，賣越南罐頭、香茅、河粉，這排開小吃店都不喜歡她，因為半年前她擴大營業，賣起越南麵包和春捲，搶走一些早餐生意。小傑沒吃過，怕被其他小店的老闆看到。
千歲爺面前，各做各的生意，沒人敢翻臉，但不影響他們用眼白瞄不忠誠的老顧客。

「小女孩和那個字沒關係？」小傑抖抖蛋餅，一口吞下。

「難講，送來千歲宮，神明鑑定。」

「我媽不會送她給千歲爺鑑定，不管是那個字還是狐狸變的，我媽已經一副收養定了的樣子。」

「你爸怎麼說？」

「我爸是里長，我媽是戶長，猜猜誰大。」

「以前沒看過？拿出朱能德的典當物，朱能德他們走了，你回去打掃當鋪才看到她？」黃阿伯筷頭沾著飯粒指小傑，「你爸以前說過？」

「沒，我爸從沒提過店裡養小孩的事。」

羅曼踹小傑的小腿，

「你想講那個字對不對。」

「她身上有沒有符？」

「我媽幫她洗過澡，應該沒有，她沒亂叫，我媽沒尖叫。」

千歲宮史上十大虔誠信徒之一的林阿公撐助行器進廣場，他每天第一件事是上香拜拜，再過來吃粥，大家尊敬老人家，不便抱怨他隨身收音機開得音量比大卡車加油門更刺耳，儘管他聽的不是鄧麗君就是李茂山。

早上七點半，陽光已經晒得廣場水泥地面冒出淡淡蒸氣，叮噹聲響起，上午攤最後報到的畢大胖進場，他賣肉，一天半頭豬，賣完回家上網打麻將。小傑愛看畢大胖剁豬肉，沒有豬頭的半條豬，看半月狀的屠刀三下兩下，雪花肉、里肌肉、五花、腿肉、豬腳、梅花肉各自成堆。其實附近稱讚他賣的肉新鮮，整條豬也能賣光，他只賣半條，理論為肉少賣得快，肉多就得守著攤位到下午，不划算。

有人愛賺很多錢，有人愛賺差不多即可。

「你爸當鋪風水特殊，其他還有什麼特殊地方？」

「什麼意思？」

「不懂當鋪生意，說說你爸的客人。」

「客人？很少遇到，我們家生意不好，朱能德當了一萬元，贖當沒還本金利息。」

「遺傳你爸，心比太平洋大。」

「師父，你看到小傑請我吃日本料理的臭臉再說他的心有多大。」

「收到的錢沒變成石頭？」

「沒收過。」

羅曼對黃阿伯說：

「他們家有骨董偉士牌，賣幾百萬日圓的詩集，他爸留著當紀念品，師父，看過這種白目嗎？開鄭鵬飛紀念館好了。」

＊＊

他們沒聊完小女孩，轉角出現慌張的里長，遠遠即朝黃阿伯招手。

「糟了，我老婆兩分鐘前 Line 我，她掛一塊玉。現在女孩不流行掛玉，她不在意，我不放心，師公，你以前說不要亂買玉。」

「發現沒，我爸只在意新來的小女孩，居然沒發現兒子的我蹺課和你們坐在同一桌，我不是他們親生的吧。」羅曼拿起背包朝小傑擠擠眼，「溫泉、櫻花、女朋友，講好了。」

小傑接下話：

「拉麵、雪花，講定。」

里長坐進他兒子留下的椅子，抬了抬半邊屁股，

「誰把椅子坐得燙人。」

他和黃阿伯一國，愛粥和魚丸湯，不齒三明治。里長伯尤其愛廣東粥，店家放在粥碗，碗上橫一根長長油條。

「一塊玉，我老婆等下拍照片傳來，」他看也不看小傑，「你以前說玉不能亂買，尤其古玉。她五歲還六歲，怎麼會掛一塊玉，我驚死。」

黃阿伯取下綁額頭的毛巾抹臉，

「稍等，跳太快。你去報案沒，派出所怎麼說？」
「沒人報案遺失小孩，全台北市也沒有。」
「她身上沒有電話號碼、家長名字？」
「我老婆翻遍了，什麼也沒。」
「怎麼辦？」
「送社會局，可是老婆不肯。」
「多個女兒不是很好。」
「怕多的不是女兒。」
沒人接里長的話，小傑快速回想，小妹妹不像那個字，她有溫度。
「死人不是才戴玉，」里長頻頻看手機，「你以前說的。」
「看到玉再說。」黃阿伯筷頭指小傑，「幫里長吃油條，他不聽醫師的話，油炸的對心血管不好。」
說著他將油條撕成三份，三分之一塞給小傑。
「不去上學？」里長看到他了。
「等下去松山機場接我媽。」
叮咚，里長抓起手機，速度之快令小傑想到小說寫的「迅雷不及掩耳」。
「你看。」里長將手機擺在桌子中間，「我老婆傳來了。」

胖胖手腕上有枚光滑，顏色淡得近乎白色的手鐲。

「從手機螢幕看不出來，」黃阿伯戴上老花眼鏡又拿下，「明天找懂玉的人，我不懂。叫你老婆帶她來拜千歲爺，如果是鬼怪，逃不出神明法眼。」

「她不肯來。」

「帶她來。」

「我說我老婆不肯來，不是小女孩。」

「為什麼？」

「我老婆天主教徒。」

5

太早到機場，小傑吃了一樓的 SUBWAY，吃了二樓魯肉飯，繞松山機場大樓外面的停車場兩圈，很久沒見到媽，等下應該抱抱她還是說，嗨，老媽。你尪掛了。媽會一見他抱著哭嗎？媽一向是酷媽，不可能哭，說不定她問，你拖拖拉拉，行李收好沒，我們下午回日本。

不是不去日本，總得給他一段時間培養去日本的決心吧。爸的當鋪怎麼辦，關掉總開關，鎖上大門，貼一張告示：本店即日起休業？

媽知道圓框鄭地下室的祕密嗎？八代三百六十年累積下多少寶貝，放給它們爛？寶貝。媽愛這樣叫他，希望她別出了海關到處喊寶貝，被窘死。

至少學期結束，七月再去日本。上網查過，日本的學期從冬天開始，暑假很短，他念完高二，去日本要等到冬天才能上高三，等那麼久。

死了，老媽心腸狠，如果送他去補習學日語，暑假成了集中營，每天唸日文唸成阿三想進台大那樣屁股長青春痘。

媽有男朋友嗎？說不定她等下說：我結婚了，忘記告訴你。不然她說：我快結婚了，你到日本他請你吃飯。可怕點，她說：鄭傑生，我旁邊的是我上星期結婚的老公。

小傑心跳加快，搞不好她挺大肚皮，後面跟個欠扁日本遜咖推兩口大箱子，鄭傑生，這是你新爸爸和我肚子裡你的新妹妹，不准囉嗦，去幫忙提行李。

不會吧，受到紅衣小女孩影響太大，羅曼會說：你進入小妹妹恐懼期，從此看到女生就怕，小傑，你死不知路了。

回到機場內，沒有原因，至少原因不是飢餓，他又吃了一個潛艇堡，被小女孩牽連，他變得隨時隨地都想吃。也好，吃爆算了。

媽和傳統日本女人不太像，個頭大，和爸一樣高，小傑的身材遺傳自媽，入境大廳自動門打開，一眼就能看到她。拜託，希望她沒戴草帽，有次她陪外公外婆去夏威夷，買了頂草帽回台北，戴過一整個夏天和秋天，十一月還戴。

力量大，家裡搬東西、移櫥櫃，她叫爸閃開。爸說小傑，你運氣好，你媽外表巨大，內心慈愛，她一巴掌能把你打到月球，可是你看，她只抱你。媽慈愛，抱住她寶貝不管寶貝幾乎被壓得窒息。

辦完離婚手續他送媽去機場，問她為什麼非離婚？她的回答令小傑想了好幾天，「我想有自己的事業和人生，不想被你爸家的當鋪湮滅。」

媽討厭圓框鄭，那她一定賣掉當鋪和房子，地下室的保管箱怎麼辦？鄭家八代三百六十年的財富全在裡面。

媽，我決定留在台北繼承當鋪，妳當我十四個月監護人就好，等我十八歲。放心啦，我保證活得快樂，保證賺錢，每個月去日本看妳，等妳老了，我養妳。

小傑看班機抵達時刻表，東京來的班機十五分鐘前落地，證照檢查、等候行李，快出來了。

不去日本，小傑下定決心，沒道理去日本，學日文在台北也可以學，巷口有日本料理，機車行賣YAMAHA，打開電視有柯南，反而日本沒有蚵仔麵線，每天吃煎魚配飯太勞累。

—— ** ——

當小傑站在入境處等著自動門打開時，他已經連和老媽翻臉的臺詞都想好。等媽出來，他將一手搭老媽肩膀：嗨，水媽，想不想吃鼎泰豐？

不對。他上去接過行李：媽，累不累？

不好，爸死沒幾天，應該表現哀傷：媽，我們直接去靈骨塔。

媽是愛下指令的獅子座，所以他不用多想，媽自然先說：長得這麼高了，有沒有乖乖每天吃三種青菜？

媽絕不會問：交女朋友沒？她沒來？

和媽多久沒見？常在網路上見，真正見面是兩年前，媽到台北出差，爸尷尬地請吃飯。那時小傑一六二公分，媽摸他頭，一樣可愛捏。兩年後他破一八〇，差很多，媽會摸他頭說，憂鬱青少年？

一個腰部中空的辣妹對他皺眉頭，褲襠拉鍊忘了拉嗎？明明拉好。吃完潛艇堡忘記擦嘴？拿出手機，明明擦乾淨了。

媽的第一句話是中文，是日文？離婚前媽叫他寶貝，兩年前改成J醬，她為什麼改叫他J醬？叫辣味醬更好。

她一六八，女生算高的，爸一七一，所以媽從不穿高跟鞋，兩年前穿不是很高的高跟鞋，也是高跟鞋，代表她有男朋友了，而且男朋友比爸高。他該叫媽的男朋友什麼？叔叔？嗯。

和外公接觸不多，去日本住外公家嗎？想到就恐慌。說不定媽安排他住校，她和外公住札幌，送他到東京住校。該提議乾脆他住台北，省房租。

如果日文學不好，交不到新朋友，以後的日子學做宅男，每天看漫畫？靠，日本漫畫也是日文。

——＊＊——

該對媽說明阿三大姊處理爸遺產的事，他暫時住羅曼家。媽記得羅曼，她把羅曼唸成台語的流氓。

當鋪出很多事，該不該說朱能德和小女孩？媽搞得清圓框鄭的生意？

萬一媽說你不用去日本，快十八歲能考駕照，一個人住台灣可以嗎？她為什麼不要兒子隨她去日本？她太忙，這個月摩洛哥，下個月開羅，她是外公派出去的間諜，到處蒐集情報。

媽四十三歲，比爸小兩歲。四十三歲的女人能生小孩嗎？可以，九班的謝宗儀媽媽去年生一個弟弟。小孩和小狗小貓一樣可愛，想像餵小狗喝奶，但他是男生，餵弟妹喝奶瓶很怪。

好吧，媽留他在台灣，小傑算孤兒？

札幌冬天零下十幾度，網路播很多汽車打滑、雪大到雨刷來不及刷。不喜歡冬天，哪裡也不能去。

不喜歡滑雪。

我一個人住台北，你們不用管我，明年十八歲咧。

——＊＊——

當自動門打開的剎那，爸的一句竄進腦海：兒子，你媽的愛不止溫暖，像七月中午十二點的氣溫，讓人出一身大汗。

第一個出現的旅客就是媽，一個人，沒有男人跟在後面，肚子也扁的。所有人，應該全世界的人看向小傑。媽和以前一點也沒變，高大的身子站在自動門外彎腰曲腿張開手眨著兩眼，像迎接等她回家的小狗，

「寶貝，快來讓媽媽抱抱。」

死了，她沒變，老是這樣。

小傑一步步走去——媽的，有人鼓掌，皺眉頭的辣妹對他笑——他小心走，以免摔倒。

被媽摟得快窒息，怪力女。

「我的寶貝。」

她沒忘記中文，小傑懂爸說的溫度了，他眼眶熱熱的，也抱住媽。

「長高了。」

「還好。」

「壯了。」

「還好。」

「像男人了。」

「還好。」

「再抱抱。」

小傑又被摟得快斷氣，再也忍不住，臉頰溼的，鼻涕流一半，腦袋空空，媽回來了。

Novel

N

003

神鬼當鋪

作　　者｜張國立
封面插畫｜Cola Chen
封面設計｜木木 LIN
內文設計｜葉若蒂
特約主編｜許鈺祥
校　　對｜呂佳真
責任編輯｜黃文慧

出　　版｜晴好出版事業有限公司
總 編 輯｜黃文慧
副總編輯｜鍾宜君
編　　輯｜胡雯琳
行銷企畫｜吳孟蓉
地　　址｜104027台北市中山區中山北路三段36巷10號4樓
網　　址｜https://www.facebook.com/QinghaoBook
電子信箱｜Qinghaobook@gmail.com
電　　話｜（02）2516-6892　傳真（02）2516-6891

發　　行｜遠足文化事業股份有限公司（讀書共和國出版集團）
地　　址｜231023新北市新店區民權路108-2號9樓
電　　話｜（02）2218-1417　傳真（02）2218-1142
電子信箱｜service@bookrep.com.tw
郵政帳號｜19504465（戶名：遠足文化事業股份有限公司）
客服電話｜0800-221-029　團體訂購 02-2218-1417 分機 1124
網　　址｜www.bookrep.com.tw
法律顧問｜華洋法律事務所 蘇文生律師
印　　製｜呈靖印刷

初版一刷｜2024年7月
定　　價｜420元
I S B N｜978-626-7396-90-2
E I S B N｜（PDF）9786267396889
E I S B N｜（EPUB）9786267396896

國家圖書館出版品預行編目（CIP）資料

神鬼當鋪 / 張國立著 . -- 初版 . -- 臺北市 : 晴好出版事業有限公司出版 ; 新北市 : 遠足文化事業股份有限公司發行 , 2024.07
296 面 ; 14.8X21 公分
ISBN 978-626-7396-90-2（平裝）
863.57　　113007599